IL MATERIALISMO STORICO E LA SOCIOLOGIA GENERALE

ALFONSO ASTURARO

Texte et illustration de couverture : © domaine public
Edition : Culturea (Hérault, 34)
Contact : infos@culturea.fr
Retrouvez notre catalogue sur http://culturea.fr
Imprimé en Allemagne par Books on Demand
Design typographique : Derek Murphy
Layout : Reedsy (https://reedsy.com/)

Dépôt légal : janvier 2023
Tous droits réservés pour tous pays

ISBN : 9791041844234

INTRODUZIONE

Lo studio complessivo dei fenomeni sociali ha dato origine in vari tempi ad una teologia sociale, come quella degli antichi libri sacri e, più tardi, del Bossuet; ad una metafisica sociale, come quella di G. B. Vico e dell'Hegel; ed infine ad una filosofia sociale, come quella di A. Comte, di H. Spencer, di A. Schäffle. Più recente e più perfetto rappresentante della filosofia sociologica, sebbene limitato alla storia, è stato il Materialismo storico.

Di contro al sistema di A. Comte esso ha l'enorme vantaggio di prender le mosse dalla vera base della piramide sociale, dalla struttura e dalle attività economiche; mentre il Comte, per un errore che sembra quasi inesplicabile, avea cominciato dalla cima, cioè dalle credenze religiose e scientifiche, pretendendo di spiegare col loro mutamento le grandi trasformazioni della politica, del diritto e persino della economia, e cadendo così in assurdi analoghi a quelli in cui sarebbero incorsi i biologi, se avessero preso per base delle formazioni organiche il cervello anteriore degli animali più elevati.

Di fronte alla scuola sociologica dello Spencer e dello Schäffle, il Materialismo storico si è, in generale, conservato immune dalla tendenza di considerare le leggi dell'organismo individuale come l'intelaiatura, in cui si possano disegnare le leggi della società umana: tanto più esso ha sfuggito quella forma degenerativa e quasi pazzesca della filosofia monistica, che si fonda sopra l'analogia, ancor più remota, della Meccanica e non riesce se non a metafore puerili, qual è per es.: l'attrazione ch'esercita il danaro.

Ciò non ostante, dèsso è sempre una filosofia, non già per il suo titolo di Materialismo, ch'è un titolo filosofico né solamente perché pretende spiegare immediatamente i fatti della storia che rappresentano l'estremo limite della specificazione e della concretezza; ma principalmente perché fa uso di un solo principio e, al più, di due premesse, e ne vuol trarre fuori, senza altro, tutto l'enorme intreccio della storia.

Vi ricorderò brevemente le ragioni che mi hanno spinto a cercare di superare codesta posizione e a tentare la sociologia generale, o, almeno, una filosofia dei fatti sociali, più generale e più comprensiva che il Materialismo storico non fosse. Ciascuna di queste ragioni è una verità metodologica, che si deve tener presente nello studio di qualsiasi fenomeno sociale e quindi anche di quello che sarà oggetto del mio corso in questo anno.

I.

Il Materialismo storico tendeva a spiegare o interpretare la storia; e la storia comprende quasi intieramente società capitalistiche. Il principio della lotta delle classi (economiche) si riferisce appunto a società capitalistiche. Maprimadelle società capitalistiche, esistette un numero immenso di gruppi sociali che non conobbero né il capitalismo né la lotta di classe.Fuoridelle società storiche, agli estremi confini della civiltà e delle conquiste, sono sempre esistite società comunistiche o collettivistiche o semplicemente egalitarie.Dopol'attuale società, esisterà vivaddio, come noi ci auguriamo, speriamo e prevediamo, una società più perfetta, che non sarà fondata sull'appropriazione privata dei mezzi di produzione e su lo sfruttamento del lavoro altrui.

Adunque il materialismo storico non abbracciava né intendeva abbracciare nelle sue spiegazioni se non una piccola parte dell'immenso cammino dell'umanità. Era una filosofia particolare limitata; una vera filosofia della storia, sebbene più scientifica di tutte le precedenti. E posto pure che si dovesse considerare come una vera disciplina scientifica, concernente le società capitalistiche, il suo compito restava indubbiamente ristretto (secondo l'intenzione de' suoi stessi illustri rappresentanti) ad un solo tipo sociale, ed è paragonabile a quello che si proponeva l'Anatomia e la Fisiologia umana, allorché non era sorta ancora né l'Anatomia né la Fisiologia comparata.

Però la grande intuizione dell'immortale Carlo Marx circa la fondamentalità del fenomeno economico, poteva divenire una verità generale, non appena si fossero dimostrati in generale i rapporti di causalità che avvincono al fenomeno economico tutti gli altri fenomeni in qualsiasi società, o si fosse induttivamente provata la fondamentalità dell'economia, anche nelle società non capitalistiche. Ma nell'assolvere questo compito già si superava il ristretto ambito del Materialismo storico. Lo stesso epiteto di storico doveva sparire, ed era giuocoforza sostituire il titolo diDeterminismo(o, più rigorosamente ancora, diCausalismo)economico, ad indicare un programma più vasto. Io non vi ricorderò le applicazioni che, anco nelle nostre lezioni, abbiamo cercato di farne; perché mi preme di soggiungere che neppur questo programma era sufficiente all'esigenze del pensiero scientifico.

Oltre all'economia si trovano nelle società umane almeno altre otto specie di fenomeni: la famiglia e la parentela; il diritto; la guerra; la politica; la morale; la religione; l'arte; la scienza. Or a ciascuna di queste categorie si poteva applicare il Determinismo economico; in ciascuna si poteva indagare l'influsso causale della struttura e dell'attività economica. Ma posto che vi si riuscisse completamente (ciò che non era possibile, come vedremo) restava sempre un problema che il Determinismo economico non si proponeva né intendeva proporsi: quali rapporti, causali e non causali, le soprastrutture e gli epifenomeni sociali hanno tra di loro?

Trovare i rapporti generali che ciascun fenomeno sociale ha con ciascuno dei rimanenti (e solamente con quello economico), in qualsiasi tipo sociale: ecco il primo e più fondamentale compito dellaSociologia generale.

II.

Non si può dire di conoscere profondamente un aggregato se non lo si è ridotto nei suoi elementi ultimi o relativamente ultimi. Questo compito era difficilissimo per la Biologia, onde a principio le discipline biologiche furono costrette a considerare ciascun tessuto come un complesso indiviso, e direi, quasiin blocco; e un lungo sviluppo della scienza fu necessario perché si potesse concepire ogni struttura biologica come risultante in origine da unità più o meno trasformate (cellule), composte alla lor volta da unità ancor più elementari e relativamente ultime (molecole viventi). Ma nel campo della società era evidente sin da principio che ogni struttura risulta da quelle unità visibili e palpabili, che sono gli uomini, ed ogni fenomeno sociale risulta dagli atti combinati di queste unità. E la Psicologia elementare c'insegna che tutti gli atti umani, se ne togli quelli involontari e incoscienti o riflessi (che non danno origine a fenomeni sociali) hanno per loro causa o almeno per loro antecedente invariabili appetiti, desideri, bisogni. Che importa se nella totalità dell'aggregato, il risultato ultimo e sociale dei singoli atti è sempre o spesso qualcosa che gl'individui non si erano proposti di conseguire? Ciò s'intende bene. Ma questa verità troppo evidente non distrugge menomamente anzi contiene già l'altra, non meno evidente che l'individuo opera intanto e immediatamente per desideri e bisogni proprî. Sta dunque in questi desideri e bisogni proprî ilprimologico e reale, da cui deve partire la spiegazione scientifica.

E che importa, inoltre, che alcuni bisogni sonoindividuali, cioè hanno principio e fine nell'individuo, ed altrisociali, cioè creati dalla convivenza e impossibili nella vita solitaria? Anche questi, una volta formatisi, sono nell'individuo ed operano in lui.

Ebbene chi esamini e classifichi i motivi e gli atti volontari dell'uomo, s'imbatterà ben presto, prima di esser riuscito a classificarli completamente, in alcuni desideri e bisogni, che non sono proprî esclusivamente nell'uomo, ma si trovano eziandio in altri esseri animati e sociali, e perciò si debbono ritenere come elementari relativamente a lui.

Tali sono nell'ordine dei bisogni e degli atti volontarî individuali, quelli della nutrizione, della riproduzione, della difesa, del gioco, della curiosità. Tal'è, nell'ordine dei bisogni e degli atti sociali, quello di convivere con altri esseri simili, che negli animali costituisce l'istinto sociale per eccellenza. E inoltre il bisogno di cooperare, così evidente in quegli animali che si cercano l'un l'altro prima di procedere ad una spedizione o ad un assalto. Tali son pure tutti quei bisogni ed atti, che han per risultato una regolazione della condotta, come il dominio e la subordinazione, l'imitazione, la regolazione attiva, cioè l'emissione volontaria di segni (gesti o suoni) fatta col desiderio che altri accorra, fugga, compia un determinato atto. Questi fenomeni non solo si riscontrano in animali inferiori all'uomo, ma talvolta — e propriamente quando un solo individuo o pochi nel branco vengono temuti, seguiti e imitati, ed emettono volontariamente i segni avvisatori — danno luogo ad un fatto sociale che i naturalisti non sanno indicare altrimenti che con l'espressione:direzionedel branco. Tal'è ancora l'altruismo, in seguito ad eccitamento simpatetico od a speciali associazioni psichiche d'indole utilitaria; che naturalisti di tutti i tempi hanno constatato in molti animali socievoli.

Or se tutti questi desideri e bisogni elementari si trovano nell'uomo, dovranno avere i loro effetti su la condotta; i quali potranno essere modificati, magari elisi da motivi più complessi o superiori, non mai distrutti. È dunque indispensabile conoscerli scientificamente, cioè trovarne le leggi e i rapporti. In ogni scienza è necessario conoscere prima le forze e i fattori più semplici, che sono comuni anche ad altri ordini di fenomeni. Ma un tal compito acquista importanza suprema, non appena si consideri che l'esigenza rigorosa del metodo scientifico ci costringe a presumere che essi restino come elementi costitutivi anche nei bisogni e motivi più complessi o superiori; in altri termini, c'impone di dedurre — finché possiamo e salvo residui — questi da quelli, tenendo conto delle qualità umane e progressivamente delle circostanze della vita sociale umana. Ebbene, per trovare le leggi dei desideri e bisogni ed atti volontari (sieno dessi individuali o sociali) o almeno i loro rapporti, è, giocoforza studiare gli animali inferiori all'uomo, perché soltanto in essi quei desideri e bisogni ed atti volontari, si trovano in uno stato relativamente semplice, scevri da ogni superiore complicazione. LaPsicologia generale in quanto studia, tra gli altri fatti psichici, i motivi individuali della condotta, e laSociologia zoologica generale, che ha per oggetto i bisogni e gli atti e i fenomeni sociali degli animali che convivono, dovevano dunque fornire le premesse alla Sociologia generale umana. Noi abbiamo perciò cercato di colmare le lacune della Psicologia generale intorno ai rapporti tra i bisogni, e tra le attività individuali; ed alla sociologia zoologica generale, quasi vergine ancora tranne nella sua parte descrittiva, abbiamo dedicato parte delle nostre indagini e delle nostre lezioni. Se non ci siamo ingannati, anche i bisogni e le attività degli animali conviventi o associati, ed i fenomeni sociali che ne risultano, sono legati ciascuno ai rimanenti da rapporti causali (condizionale e teleologico) e da rapporti non causali, ma definiti (diverso grado diurgenza, complessità, generalità, frequenza); onde formano una serie, i cui termini non si possono invertire. La determinazione di questi rapporti e di questa serie ci ha spianato la via alla soluzione del primo e più fondamentale compito della Sociologia generale umana.

III.
LA SOCIOLOGIA GENERALE UMANA. RAPPORTI E SERIE DE' FENOMENI SOCIALI UMANI.

Il problema dei rapporti doveva presentarsi a chi avesse già riconosciuto le fondamentalità del fenomeno economico, se non altro in questa forma generica: la stessa relazione dipiù a meno fondamentalech'esiste tra l'economia da una parte, e tutte le soprastrutture e gli epifenomeni, dall'altra, non esiste forse eziandio tra ciascuno di questi e i rimanenti? Ma i più non si sono limitati al compito di dimostrare, sin dov'era possibile, la fondamentalità del fattore economico: essi han guardato i fenomeni che si sovrappongono all'economia (epifenomeni) con lo stesso occhio con cui i confusionisti avevano considerato tutti quanti i fatti sociali; come se giacessero alla rinfusa in un solo piano e reciprocamente e indifferentemente operassero tra di loro. Così si è trasformato ciò che era soltanto una grandissima lacuna in un grandissimo errore, pretendendosi di spiegare qualsiasi fenomeno sociale colsolofenomeno economico, e le sue variazioni con le sole variazioni del fenomeno economico. Infatti, chiamando A l'economia, B e C due altri fenomeni sociali, se veramente B e C stavano ad eguale distanza dalla loro causa comune A, come effetti collaterali, senz'alcun rapporto determinato tra di loro; ne veniva che ciascuno di essi poteva spiegarsi col solo A e le sue variazioni con le sole variazioni di A, salvo i piccoli e reciproci influssi. Ma se — com'è il caso reale — tra B e C vi è un rapporto determinato se cioè B contribuisce alla produzione di C o, se non altro, è più urgente di lui; a spiegare C, o almeno le sue variazioni, sarà necessario tener conto anche di B o almeno delle sue variazioni; onde la spiegazione data col solo A sarà inevitabilmente difettosa od erronea.

Debbo dire ad onor del vero che non tutti son caduti in questo errore.

Così Antonio Labriola ha dichiarato esplicitamente che il Materialismo storico non è un sistema di dottrine, ma un metodo, un filo conduttore nel labirinto della storia; il che non escludeva che vi potessero essere altri fili, di decrescente generalità. E vi è stato persino chi ha riconosciuto la possibilità di una serie dei fenomeni sociali, ed ha tentato stabilirla in generale: Guglielmo de Greef. Se il suo tentativo, fatto 25 anni or sono e perciò mirabile, non riuscì, secondo noi, ciò avvenne perché l'illustre pensatore fu costretto ad affidarsi esclusivamente alla ricerca empirica. Ora la determinazione della serie dei fenomeni sociali non poteva essere il risultato dell'empirismo, ma di una precedente ricerca deduttiva–induttiva su tutti i rapporti causali e non causali, che intercedono tra le attività dell'uomo sociale, e quindi tra i fenomeni sociali che ne risultano; in altri termini presupponeva la posizione e la soluzione del problema più fondamentale della sociologia umana.

È questa la via che abbiamo seguito in continuazione di quella che avevamo battuto nella Sociologia zoologica, ed abbiamo veduto innanzi tutto che ciascuna delle attività dell'uomo sociale e quindi ciascuno dei fenomeni sociali è legato ai rimanenti, dai seguenti rapporti, causali e non causali, o da qualcuno di essi (quando i rimanenti rapporti sono assenti):

a) rapporto casuale dicondizionantea condizionato. Es. la produzione economica e l'eccedenza de' prodotti sul consumo necessario ai lavoratori fu sempre la condizione preesistente e indispensabile perché si differenziassero le altre strutture sociali, i guerrieri, i giudici, i governanti, per la semplicissima ragione che questi dovevano essere mantenuti coi prodotti del lavoro economico;

b) rapporto causale difineamezzo. Un'attività dell'uomo sociale può servire di mezzo per conservare o completare od accrescere l'efficacia di un'altra o i beni che quest'altra tende a produrre; e così pure una struttura od un'attività sociale può tendere a conservare o completare od accrescere l'opera di un'altra, ossia giovare a quest'altra. In tal caso essa, dipenderàteleogicamenteda questa. Così all'attività economica dell'individuo ed alla più completa soddisfazione dei suoi bisogni economici, tutte le altre sue attività possono servire di mezzi; ed alla struttura economica delle società si adattano e giovano tutte le altre strutture sociali. Ma anche le rimanenti attività e strutture sono teleogicamente legate. Così, per esempio, alla conservazione dei beni economici e familiari potentissimo mezzo è stata l'attività giuridica; ed alla struttura economica e genetica del gruppo sociale si è adattato ed è stato utile l'apparecchio giudiziario. Ma alla sua volta l'attività politica e la struttura politica, in quanto regola anche il diritto economico e familiare, gli giova e lo presuppone;

c) rapportogenetico;

d) rapporto di più a menourgente;

e) rapporto di meno a piùgenerale.

Per immediata conseguenza di tali rapporti, anche le attività dell'uomo sociale ed i fenomeni sociali che ne risultano, formano una serie, i cui termini non si possono invertire:

Economia. Famiglia e parentela. Diritto. Guerra. Politica. Morale. Religione. Arte. Scienza.

Sarebbe ora prezzo dell'opera esporre la prova deduttiva e induttiva di questi rapporti e di questa serie, almeno sino al punto in cui vedesi apparire quel fenomeno che dovrà formare oggetto del corso di questo anno (politica). La ristrettezza del tempo mi costringe però a limitarmi a qualche considerazione rapida, ma evidente, ed a pochi fatti, ma decisivi e tali che io non debba indugiarmi un solo istante a criticarne le fonti, come quelli che sono concordemente attestati dagli osservatori ed accettati dai sociologi.

I FENOMENI ECONOMICI.

È evidente che, almeno nel loro stato minimo, la produzione umana (qual'è la caccia con uno strumento prodotto dal lavoro umano) ed i rapporti economici (qual è il cooperare nella caccia e dividersi, nel comune interesse, egualmente la preda) possono sorgere e sussistere per la sola azione dei bisogni più fondamentali dell'animale uomo che son quelli di nutrirsi e preservarsi dall'ambiente esteriore; indipendentemente da ogni altrofineumano.

Anco lecondizionidel fenomeno economico, almeno sino ad un certo punto del suo sviluppo, non si trovano menomamente in altri fenomeni sociali umani, nella parentela, o nel diritto, o nella politica, o nella religione, o nell'arte, o nella scienza; bensì nelle qualità bio–psicologiche dell'uomo (cioè nel complesso dei mezzi di cui egli è fornito per soddisfare i suoi bisogni più fondamentali) e in certe determinate circostanze dell'ambiente e della moltiplicazione della specie.

Così, dati quei bisogni, queste qualità e queste circostanze, noi possiamo dedurre il fenomeno economico, almeno nel suo stato minimo, come se tutti gli altri fenomeni sociali umani non esistessero.

La riprova induttiva generica di questa indipendenza del fatto economico dovrebbero darcela i gruppi umani più primitivi; ma nessuna traccia della loro vita sociale essi hanno lasciato. Onde dobbiamo cercarla in quei gruppi che sono i più semplici tra quelli a noi noti, e consistono in orde nomadi di cacciatori non integrate tra loro. Ma le popolazioni di questo tipo, che si possono contare su le dita (Audamani, Boschimani, Fuegianiani, alcuni Brasiliani, Veddah e qualche altra) indubbiamente sono tutte quante regredite da uno stato sociale più elevato o alquanto più elevato, se non pure degenerate fisicamente, onde conservano traccia or di questo, or di quell'altro fenomeno sociale più complesso. Ma la prova sarà egualmente valida per il nostro scopo; perché se un fenomeno A trovasi in modo permanente là dove un altro B non esiste affatto, magari in un popolo solo, anzi in una società sola, ciò vuol dire che B non è una delle cause essenziali di A. Or bene in tutte queste società che pur sono fornite di una forma di produzione umana e di determinati rapporti economici, manca assolutamente la Scienza. Anche l'Arte umana (che non è né il gioco né la danza né il suono dei noccioli entro le zucche vuote), manca, ovvero, ridotta alla sua più semplice espressione di disegni grossolani, di figure generiche e di rozzi canti, costituisce un abbozzo o un rudimento, che non ha il menomo influsso su la produzione economica. La religione è perfettamente assente tra gli Audamani o almeno tra alcuni Audamani e nei rimanenti popoli, ridotta ad una qualche onoranza verso i morti ed alla credenza ne' loro spiriti, mortali al pari dei vivi, senza templi né idoli, né sacerdoti, né stregoni, non è certo la causa determinante dei fenomeni economici. Nessun fenomeno politico. Persino il diritto manca, come or ora meglio vedremo, tra i Boschimani. Più difficile è trovare, anco tra siffatte popolazioni, l'assenza delle relazioni umane, di famiglia e parentela. Ma s'è vero quel ch'è stato affermato da alcuni osservatori, tra i Boschimani più bassi, cioè tra quelli che vivono nelle più sfavorevoli condizioni di esistenza, pur continuando a cacciare e adoperando uno strumento abbastanza perfezionato, l'arco, il gruppo sociale consiste esclusivamente in un'animalesca famiglia indivisa, e il suo capo, il quale ha il privilegio di dormire in un buco scavato tra ramoscelli, mentre gli altri dormono per terra, rassomiglia troppo al vecchio maschio delle scimmie. Ma posto pure che un tal esempio ci mancasse, starebbe sempre come prova il fatto che in tutte queste popolazioni la famiglia umana e la parentela son ridotte a tale, che si possa dubitare della loro esistenza, e certamente non esercitano alcun influsso sulla produzione economica: così tra gli Audamani i figli appartengono all'orda; le madri se li scambiano anco durante l'allevamento; il matrimonio per lo più dura soltanto sino al divezzamento del bambino; e le ragazze son sempre pronte a concedere il loro amplesso a qualsiasi membro dell'orda.

Vi è una riprova specifica, e più profonda. Se è vero che il fenomeno economico ha per sue cause essenziali non già qualcuno degli altri fenomeni sociali umani, ma i bisogni, le qualità e le circostanze su menzionate, al variare di queste cause deve seguire una variazione delle forme della produzione e dei rapporti economici; e noi possiamo dedurre le prime e più importanti variazioni del fenomeno economico, almeno nel loro più semplice stato, indipendentemente dalle variazioni di qualsiasi altro fenomeno sociale umano. E lo abbiamo fatto per la pastorizia, l'agricoltura, la proprietà individuale, la schiavitù, la servitù, il salariato semplice e incipiente; valendoci anche di non pochi risultati, già ottenuti dai cultori della scienza economica, che, secondo noi, è appunto la scienza delle variazioni economiche. Or la verificazione induttiva delle verità in tal guisa dedotte è la riprova specifica più splendida di quellaindipendente formazionee, sino ad un certo grado,indipendente esistenza del fenomeno economicodi fronte agli altri fenomeni sociali, che costituisce la prima verità della Sociologia generale umana. Io posso bene ometterla in questo momento, una volta che intendo mostrarvi, tra l'altro, come i rimanenti fatti sociali presuppongono quello economico

I FENOMENI GENETICI.

I fenomeni genetici umani corrispondono ad alcuni bisogni elementari, quali sono la riproduzione e l'allevamento, che nella serie psicologica generale, per complessità, diffusione, urgenza, assiduità, vengono dopo di quelli che stanno a base della produzione economica, quali sono la nutrizione, e la preservazione dell'organismo.

Non basta. Mentre i fatti economici, come abbiamo veduto, possono esistere indipendentemente dai fenomeni genetici umani (matrimonio, vincolo consapevole e duraturo tra i genitori, o almeno la genitrice, e i figli, parentado); questi invece hanno per loro condizione preesistente e necessaria la produzione economica, ed un particolare stato dell'economia, e inoltre possono giovare e adattarsi, in queste particolari circostanze, al fine di conservare ed accrescere i beni economici degli individui e per conseguenza, dell'intiero gruppo sociale.

Senza dubbio quel grado di memoria, d'intelligenza e di linguaggio che la sociologia deve presupporre nel generehomoe massime nell'uomo che produce con uno strumento da lavoro, è una dello cause necessarie e concorrenti; senza di cui il perdurare delle relazioni genetiche e la convivenza, per quanto prolungata, degli individui che sono da esse legati, non basterebbe (come non basta tra i castori) a produrre quella consapevolezza e quel riconoscimento delle relazioni medesime che costituisce l'elemento caratteristico e differenziale tra fenomeni genetici umani e sottoumani.

Ma dall'altra parte è pure fuor di dubbio che, se quei rapporti non perdurassero per un certo tempo e se gl'individui non convivessero più lungamente e più intimamente tra loro che con altri individui, nessuna famiglia sarebbe possibile. Or la condizione prima e indispensabile di questa convivenza è che si producano i mezzi di sostentamento, necessari alla loro vita. Ebbene la produzione umana risponde in grado eminente a questa esigenza; anzi il suo prodotto può essere accresciuto con la cooperazione, ed essa ha una qualità caratteristica, che manca a quella delle specie più vicine all'uomo e frugivore, in quanto che costringe il figlio a rimanere presso i genitori oltre il tempo del divezzamento e finché non si renda atto al nuovo e più difficile modo di procurarsi le sussistenze.

Ma una tal condizione non è menomamente sufficiente a spiegare il sorgere e il sussistere dei fenomeni genetici umani. Non è la produzione economica in genere, la quale può coesistere, come abbiamo veduto, con la loro assenza, ma un particolare stato della produzione stessa, quella che li determina.

Infatti se noi partiamo dall'ipotesi che la produzione umana sorga (e possa sorgere) nella dissociazione dei piccoli gruppi genetici, cioè delle famiglie ancora allo stato sottoumano, dovremo riconoscere che, malgrado tutte le sue prerogative, una tal forma di produzione non può provocare fenomeni genetici distinti da quelli che sono comuni ad altri esseri animati, finché la dissociazione perdura; imperocché questi fenomeni implicano una continua distinzione di fronte ad altri ed un certo riconoscimento (quantunque non ancora giuridico) da parte di altri, e quindi pressuppongono il gruppo sociale, senza di che il linguaggio stesso non potrebbe intervenire e fissarne l'idea. Gli è perciò che se, viceversa, un gruppo sodale, fornito di sole attività produttive e genetiche umane, si dissolve per necessità economiche, e le famiglie si disperdono in cerca delle sussistenze, smarrendo ogni legame tra loro, esse tendono a perdere anche i tratti distintivi della famiglia umana. Così avviene infatti in alcuni Boschimani; ed anco i Veddah dei boschi, che pur si radunano periodicamente (al tempo delle pioggie), qualcosa han perduto di ciò che la popolazione, a cui appartengono, aveva acquisito, giacché essi praticano la loro animalesca monogamia (come la chiamerebbe il Westermark) anche con la sorella o la figlia.

Dalla parte opposta, se noi prendiamo le mosse dal gruppo sociale, e propriamente dalla forma più semplice della vita sociale umana, vale a dire dal piccolo gruppo di cacciatori, dovremo riconoscere che se e fintantoché esso sia perfettamente comunistico così nella produzione come nella distribuzione dei beni, fenomeni genetici umani o distinti da quelli generali e comuni non possono nascere o sussistere; i figli necessariamente si attaccano e appartengono all'orda con cui ben presto cooperano, e nessuno ha interesse o motivo di appropriarseli; ulteriori legami di parentela sarebbero assurdi; e lo stesso matrimonio esclusivo sarebbe impossibile, giacché troverebbe un ostacolo nei desideri e nell'esigenze di tutti gli altri individui, eguali e cooperanti al benessere del gruppo e d'altronde porterebbe una diminuzione della somma dei godimenti, impedendo a ciascuno di soddisfare ogni sua tendenza sessuale, e non gioverebbe all'individuo, nel caso della preferenza sessuale e bilaterale, se non, nei brevissimi limiti, in cui, in un gruppo relativamente uniforme, può serbarsi più forte della soddisfazione che un nuovo connubio impromette. Una riprova è il fatto che, quando in popolazioni molto lontane dal tipo testé descritto, del quale non trovasi ormai esemplare alcuno, ricorre l'identica relazione economica, cioè un perfetto comunismo del piccolo gruppo nei beni, nel lavoro, nell'abitato, tende a presentarsi anche la promiscuità e l'appartenenza dei figli al gruppo, e si presenta realmente nella famiglia punalua, scoperta e descritta dal Morgari in popolazioni agricole, e tutt'altro che primitiva, e in quella già constatata da Erodoto tra i Massageti, e nelle famiglie ancora più complesse, in cui zii, fratelli e nipoti godono promiscuamente delle loro donne.

Dunque né la perfetta dissociazione né il perfetto comunismo del piccolo gruppo. Ma se consideriamo uno stato che necessariamente devo prodursi con l'aumento dell'aggregato e si produce in ogni caso, e si presenterà a fortiori nella pastorizia e nell'agricoltura, quando cioè l'individuo è membro di un gruppo e magari coopera in gran parte con esso anche economicamente, ma nello stesso tempo è costretto dal bisogno, o spinto dal desiderio di un maggiore benessere a cercare col suo lavoro individuale, e isolatamente dal gruppo, una parte considerevole dei mezzi necessari a soddisfare i suoi bisogni primarî (nutrizione, abitazione ecc.); vedremo comparire in queste circostanze economiche anche il motivo o fine economico. Infatti l'aiuto che i figli possono prestare ai genitori o almeno alla genitrice nella produzione e quello che ne ricevono; la divisione del lavoro tra l'uomo e la donna; e la cooperazione dei parenti nel lavoro produttivo (non appena il campo della produzione isolata si allarghi): costituiscono utilità e vantaggi economici così grandi da poter costituire un motivo, sufficiente perché i figli riconoscano i genitori e siano riconosciuti ed appropriati; perché il connubio acquisti quella stabilità che prima non poteva avere, perché gl'individui provenienti dallo stesso stipite riconoscano e conservino i loro legami. E nella stessa direzione inclinano allora i motivi genetici. Quanto al matrimonio, è evidente che in quelle medesime circostanze il bisogno sessuale comincia ad operare nello stesso senso del motivo economico, potendo soddisfarsi meglio con una, più o meno, duratura unione che con i semplici accoppiamenti svariati, ma fortuiti, e non sempre sicuri. E tanto più intensamente opererà, quanto più si accentua l'isolamento economico. Lo stesso dicasi a fortiori della preferenza sessuale e dell'amore. Or questi bisogni genetici sono essi per sé soli sufficienti, quando si verifichi la condizione economica. Laonde ciò che vi sarà di universale nel matrimonio, non è il motivo economico, ma la condizione economica. Infatti se la ricchezza aumenta e l'individuo non sente più della cooperazione economica o dei servigi economici dell'altro sesso un bisogno tale da far perdurare la relazione sessuale, il matrimonio può sempre verificarsi e si verificherà, posta la condizione economica generale, in tutti quei casi in cui esso soddisfa meglio all'esigenze sessuali od erotiche. E si può sacrificare a questa miglior soddisfazione una parte più o meno grande dei beni economici, eccedenti il minimum indispensabile alla vita, siccome avviene anco nello stato di barbarie, da un lato nelle società che praticano il matrimonio ambiliano e, dal lato opposto, in tutti quei popoli che han trasformato la donna da bestia da soma in istrumento di piacere e di lusso. Considerazioni analoghe valgono per l'istinto parentale e quindi per la relazione dei genitori co' figli.

Chiunque segua il metodo scientifico e non voglia porre a base delle sue spiegazioni i fatti più complessi, l'amore idealizzatotra gli sposi, la dolce amicizia tra i vecchi conjugi e l'amore paterno o materno perdurante oltre il tempo assegnatogli dall'istinto — nel qual caso sarebbe immediatamente smentito da un immenso numero di popoli— e sappia fare astrazione, almeno momentaneamente, da tutti quei motivi e riguardi giuridici, morali, religiosi che effettivamente non si trovano nei primi stadî dello sviluppo umano, e che non si possono considerare a principio senza violare il canone più elementare di ogni ricerca scientifica; dovrà riconoscere che essendo dati, oltre la produzione, il bisogno sessuale e le altre qualità della specie umana ed un particolare stato dell'economia, si può dedurre il sorgere e persistere dei fenomeni genetici umani, almeno nella loro più semplice espressione, senza ricorrere ad alcun altro fenomeno sociale umano.

La riprova induttiva generica della loro posizione seriale dopo il fatto economico si ha, osservando che non esiste una sola società umana, in cui essi si presentino senza il fatto economico. Ma noi dobbiamo provare in pari tempo la loro indipendenza dai rimanenti fatti sociali e persino da quello giuridico; e questa prova è oltremodo difficile, perché almeno il diritto ha allacciato ben presto, in epoche immensamente remote da noi, le relazioni familiari e così fortemente che esse appariscono quasi sempre come fatti giuridici a un tempo. Pure la loro distinzione dagli stessi fatti giuridici, è indispensabile alla scienza sociale, la cui possibilità presuppone, pria di tutto, il compito di analizzare e discernere i fenomeni sociali, come la possibilità della Biologia si fondava su la distinzione dei tessuti e dei fatti biologici Noi abbiamo perciò analizzato e distinto, e siamo in grado di discernere anche in un fatto genetico–giuridico ciò ch'è puramente genetico e ciò che il Diritto vi ha aggiunto od eliso. Ma non è quel che ci preme in questo momento. Noi dobbiamo trovare almeno un caso solo, in cui le relazioni meramente genetiche umane esistono senza fenomeni giuridici di sorta, o, almeno, libere da ogni complicazione con questi.

Tra i Blackfellows della Terra della Regina in Australia, tra cui il ratto violento è il modo ordinario di procurarsi una donna e la fuga di questa dall'uno all'altro marito è frequentissima, a definire le vertenze che insorgono da un siffatto stato di cose, l'orda si raduna, e il duello decide. Le donne stesse presentano le armi e gli scudi ai combattenti: poi non appena uno dei due rivali ha appioppato una terribile bastonata sul capo dell'altro, la femmina lo segue come la lionessa segue il leone vincitore. Il Lumholtz li chiama i più bassi del genere homo. È una calunnia. Tra moltissimi Boschimani neppure questa ombra di giustizia si asside su la famiglia. Essi sono cacciatori, valenti arcieri, abilissimi costruttori di archi e di frecce che vendono ai popoli vicini, ma vivono in piccoli gruppi, composti di famiglie e indipendenti tra loro, né potrebbero altrimenti nelle più maledette regioni dell'Africa australe. Or anche nel seno di ciascuno di questi gruppi il diritto non ci può essere e non ci è. Esso non è neppur indispensabile, giacché le inibizioni, prodotte dal timore della reazione individuale e collettiva, o i reciproci interessi, e i sentimenti, comuni a tutti gli esseri animati che convivono e cooperano, bastano alla coesione di un piccolo gruppo omogeneo, la quale può mantenersi, come si vede nei branchi degli animali, non ostante le baruffe individuali. Così, mentre nessun osservatore ci parla di giudizi o condanne collettive, tutti sono d'accordo nel riferire che "il più forte toglie impunemente non solo la donna ma gli averi al più debole" e le lotte corpo a corpo non sono neppure giustificate dalla presenza delle donne o dall'assembramento dell'orda. Eppure essi sono monogami e patriarcali, non sposano né le sorelle né le figlie, cioè riconoscono sino ad un certo grado la parentela. Vuol dire che i fenomeni genetici umani possono esistere dove quelli giuridici sono perfettamente assenti.

Avendovi esposto il caso più difficile, posso risparmiarmi di addurre esempî, i quali dimostrano come i medesimi fenomeni possano trovarsi là dove non esiste vestigio di scienza o di morale sociale, o di politica, e indipendentemente da qualunque influsso della religione e dell'arte; tanto più che mi preme passare ad un altro genere di prova. Quella generica poteva mancare e sarebbe infatti mancata, se fossero scomparse dalla faccia della terra senza lasciare di sé alcun ricordo, anco quelle pochissime popolazioni a cui siamo costretti di chiederla; ma non per questo sarebbe venuta meno ogni dimostrazione induttiva. Vi è una prova specifica e più profonda, e consiste nel seguito delle deduzioni verificate induttivamente. Se è vero che l'esistenza di quest'altra classe di fenomeni umani, almeno nel suo stato minimo, dipende, come da sua causa, oltre che dai bisogni genetici, dai fatti economici e non da altri fatti sociali umani, noi potremo dedurre una serie di conseguenze che dalle variazioni dei fenomeni economici dovranno provenire alle relazioni genetiche. Or se queste deduzioni saranno induttivamente verificate, noi avremo la riprova sperimentale dell'influsso causale di quei fenomeni su queste relazioni; e, se basteranno a spiegarci le prime e più profonde variazioni dei fenomeni genetici, anco della sostanziale e primitiva indipendenza di questi da altri fenomeni sociali. Senonché s'ingannerebbe chi pretendesse dedurre le variazioni del matrimonio, della famiglia e della parentela dalle sole variazioni della forma della produzione (caccia, pesca, pastorizia ecc.). E ancor più chi considerasse solo i rapporti economici (collettivismo, individualismo economico, schiavitù, servitù ecc.). Delle une come delle altre è giuocoforza tener conto, e ad un certo punto delle une e delle altre simultaneamente. Ed errerebbe pure chi dimenticasse le forme miste, e chi trascurasse la forma preesistente, che solo lentamente, diviene sussidiaria o accessoria.

Delle molteplici conseguenze, che i fatti genetici subiscono delle variazioni economiche, ricorderò qui alcune tra le più salienti; e principalmente accennerò alla posizione della donna nella famiglia. — Chi voglia ricercare gli effetti dei motivi egoistici e più semplici e faccia astrazione da quei sentimenti e motivi che, come dicemmo, non si possono calcolare a principio e che si sovrappongano, come strati sempre meno densi alle grandi cause fondamentali, non avrà difficoltà a riconoscere che nel seno della famiglia i vantaggi economici, la considerazione e il dominio, di cui ciascuno dei due sessi può godere, sono in relazione diretta e immediata con la sua utilità e potenza economica; e che ogniqualvolta la donna disponga, al pari dell'uomo, dei mezzi di produzione e possa provvedere da sé alle sussistenze o cooperare con l'uomo sul piede dell'eguaglianza, sarà perfettamente eguale all'uomo. Ciò presuppone l'eguaglianza di forza fisica. Ma anche quando si tenga conto della superiorità fisica dell'uomo (pur senza indagare s'essa sia acquisita, in tutto od in parte), si dovrà ammettere che ogniqualvolta, la donna continui a disporre, al pari dell'uomo, dei mezzi di produzione, non potrà subirne il dominio se non nei limiti molto ristretti di qualche altro vantaggio che la convivenza con lui le offra, per la semplice ragione ch'ella è in grado di abbandonarlo. Adunque la donna non potrà scendere ad una posizione veramente e permanentemente inferiore, se non quando per una serie di conseguenze dirette o indirette, volute o non volute, della propria superiorità fisica l'uomo riesca ad asservirla(come per esempio nel caso del ratto violento e diffuso, in cui ella non può sfuggire al giogo di un uomo se non per cadere sotto la brutalità di un altro), ovvero si appropri a poco a poco i mezzi di produzione, escludendone l'altro sesso. Ne vengono immediate conseguenze. Così per esempio in quella specie di caccia o di pesca la quale richiede forti travagli e lunghi perseguimenti della preda e come tale è da principio o diviene a lungo andare occupazione speciale ed esclusiva dell'uomo; ogni qualvolta e dovunque essa sia principale e indispensabile risorsa, onde dal lavoro dell'uomo dipenda la sussistenza della donna, questa avrà una parte subordinata e forzosa nella divisione del lavoro, ed anche in tutto il resto, subirà il dominio dell'uomo nei vasti limiti che a lui concede la difficoltà o addirittura l'impossibilità, in cui ella si trova di abbandonarlo e di provvedere al suo sostentamento; al che si aggiungerà il minor conto in cui ella è tenuta come disadatta alla grande occupazione, e la facilità, con cui, quand'è ragazza, viene, a preferenza dei maschi, uccisa, ceduta o venduta. Così avviene infatti in tutti quei popoli che si trovano nelle condizioni testé indicate. Ma sbaglieremmo se volessimo affermare che la caccia in generale porta la soggezione della donna. Accanto ad essa vi è sempre la produzione naturale (ricerca di frutta, radici, piccoli animali ecc.) che è occupazione anche della donna e le diviene speciale. Or fino a quando e dovunque questa forma di produzione sia sufficiente, la donna potrà sfuggire alla soggezione. Così tra gli Audamani dove la foresta offre risorse bastevoli al mantenimento della donna e del suo figliuolo, ella gode di una grande indipendenza (Giddings). Non basta. La caccia stessa e la pesca può farsi in modi più agevoli, coi lacci, nei rinchiusi, su i piccoli fiumi, od altrimenti, ed allora anche la donna vi è adatta. In tal caso la sua posizione tende ad eguagliarsi a quella dell'uomo. Così tra Chippewais la donna prendeva attiva parte alla caccia, coi lacci e col rampone, e la sua posizione era molto migliore che tra i rimanenti popoli cacciatori (Spencer). Così pure tra i Chinouck, di cui principali risorse erano la ricerca di radici e la pesca sulle fiumane, la donna godeva di un'autorità assai rara tra gl'indiani (LewiseClarke).

Or questi altri rapporti, non meno veri e non meno provati dai fatti possono anche indurre chi voglia fare delle ipotesi ad affermare che a principio dell'evoluzione umana, quando la produzione naturale era ancora abbondante e gli strumenti da caccia imperfetti, la condizione della donna fosse generalmente ben diversa da quella che le fu fatta nella gran caccia e nella pesca su i mari.

Splendidamente vera è anche la relazione, intuita dallo Spencer e dimostrata induttivamente dal Grosse, tra la pastorizia (occupazione dell'uomo) da una parte ed un intiero gruppo di fenomeni genetici dall'altra, patriarcato, mundio, compra della sposa, inferiorità della donna; quando però si consideri la pastorizia nella sua forma epica e come succedanea della caccia.

Or le conseguenze genetiche di questa forma di produzione, eminentemente individualistica, non cessano allorché un popolo pastore si dà all'agricoltura restando però il bestiame il mezzo economico preponderante; e si riaggravano quando nei lavori agricoli s'impiegano, oltre il bestiame anche gli schiavi già acquistati dall'uomo, lasciandosi alla donna il fuso e la canocchia. Al contrario, se il bestiame, invece di essere il risultato della gran caccia, viene ad essere per speciali circostanze, introdotto e magari diviene prevalente in una popolazione, in cui l'agricoltura preesistente od altra causa analoga permette alle donne di possedere, acquistare e magari ereditare, esse ne riceveranno un aumento di potenza. Così tra i Navajas le donne erano trattate col massimo riguardo e prendevano anche parte alle pubbliche adunanze; e la ragione che ne dà il Waitz, citando Davis, Bacchus, Schoolcraft, Möllhausen, conferma quasi letteralmente la teoria generale: "anch'esse possiedono GREGGI e quindi POSSONO ABBANDONARE L'UOMO senza divenire per ciò povere e senz'aiuto"

Più numerose sono le distinzioni che bisogna fare per l'agricoltura. E pria di tutto dobbiamo supporre che i rapporti economici tra uomo ed uomo sieno egalitarî: considereremo in seguito gli effetti della schiavitù. Non basta. L'agricoltura non è propria esclusivamente della donna; anzi là dove occorre abbattere i fitti boschi, tagliare gli enormi durissimi alberi, distruggere gli animali feroci, l'opera dell'uomo è necessaria e preponderante. Noi supporemo dunque che la donna possa da sé sola attendere al lavori agricoli. Non basta ancora. Finché l'agricoltura è nomadica o accessoria, occupazione inferiore lasciata alla donna, finché la raccolta si dissipa immediatamente e il capitale o i mezzi di sussistenza, necessari negl'intervalli son dati dall'uomo, è evidente che la donna non possa ottenere un grande vantaggio. S'ella era prima facilmente venduta per una certa quantità di beni mobili, continua in tal condizione. Noi supporremo dunque che l'agricoltura sia divenuta una risorsa sufficiente. Ebbene in questo determinato complesso di circostanze, quando cioè i rapporti sono egalitari, e l'agricultura è sufficiente e la donna può praticarla da sé su le terre non ancora appropriate dall'uomo, la posizione di lei necessariamente, inevitabilmente si eleva.

E può nascere anche un vero matriarcato. Consideriamone un caso, tipico e bellissimo, quello che si verifica nei clan collettivistici. In realtà le forme di produzione succedono ciascuna ad un'altra preesistente, e coesistono per un certo tempo: l'agricoltura può succedere alla caccia, e può succedere alla pastorizia. In questo secondo caso il matriarcato non può nascere, perché, tra l'altro, l'uomo si trova in possesso di un mezzo potentissimo, di sussistenza e di produzione ad un tempo, ch'è il bestiame. Vediamo, dunque che cosa succeda nell'altro, e consideriamo il caso dei clan collettivistici. A mano a mano la coltura cresce d'importanza, e viene un momento, in cui, mentre gli uomini continuano principalmente a cacciare, le donne, maestre e padrone dell'agricoltura dalla seminagione alla raccolta, si trovano in possesso di risorse, importanti, sicure, continue. La loro indipendenza economica è completa; il loro maltrattamento sarebbe contrario anche agl'interessi degli uomini; e giacché esse si aiutano a vicenda nei lavori agricoli, ciascuna troverà appoggio non solamente nelle altre donne, ma in tutti i membri della Comunità, perché la vita e la conservazione di ciascuna importa a tutti. Ma non basta. In queste favorevolissime circostanze, a cui contribuisce e la forma di produzione (agricoltura) e quella dei rapporti economici (collettivismo), né la donna può desiderare di abbandonare i suoi campi coltivati ed i suoi parenti per maritarsi altrove, né agli uomini della sua famiglia o della sua gente può convenire di cederla per quella lieve quantità di beni mobili per cui la cedevano i semplici cacciatori o pescatori. Or se s'introduce l'uso di richiedere che il conjuge si domicilii o la visiti in casa di lei, necessariamente ella acquisterà una posizione superiore a quella del marito. Migliaia e migliaia di clan in America, in Asia ed altrove, han presentato questi caratteri dell'economia e della famiglia, che poi si riflettono nel diritto e nella politica, giacché le donne non solo dispongono dell'azienda domestica e dei matrimonî delle ragazze, ma prendono parte all'amministrazione e direzione del clan e talvolta ne divengono Capi o regine. Chi nega la uniformità dei rapporti nel mondo sociale, in ciascun complesso di circostanze, e dice che uno stesso rapporto non si presenta mai lo stesso in due casi soli, non sa proprio quel che si dica!

Da quelle condizioni economiche, così, favorevoli alla donna in cui ella è padrona, dell'agricoltura, mentre l'uomo continua a cacciare, è ben possibile che sorga, come una speciale diramazione di effetti, la proprietà fondiaria in mano delle donne e la sua trasmissione alle sole donne. Checché ne sia della causa, egli è certo che in alcune popolazioni lo strano fenomeno si è constatato, come tra i Kocch dell'India. In tal caso il matriarcato segue inevitabilmente.

Ma altre serie di effetti sono possibili. L'uomo, non appena le risorse della caccia, cominciano a scemare, può darsi e si dà infatti all'agricoltura. Ebbene in tal caso si avrà un'associazione tra persone economicamente eguali, in cui l'uomo può ottenere la parte migliore e più importante nella divisione del lavoro ed esercitare un certo dominio, dovuto anche alla sua superiorità fisica; ma un tal dominio non potrà mai produrre il maltrattamento della donna, ciò che sarebbe contrario agli stessi interessi di lui, e la posizione di quella continuerà ad essere abbastanza elevata. — E i fatti lo confermano pienamente. Vi è ancora un altro caso da considerarsi. Nel trattare di sociologia economica vedemmo che allato al collettivismo agrario esiste un'altra forma agricola primitiva, senza coltura comune e senza assegnamento di lotti, cioè la coltivazione libera della terra fatta da ciascuna famiglia, indipendentemente e talora a considerevole distanza dalle altre. Questa forma è equipollente alla prima, quanto è egalitaria e non implica l'appropriazione definitiva del terreno, e spesso va a finire nella prima. Ma intanto, mancando i rapporti collettivistici, la posizione della donna non può non esserne pregiudicata, in paragone di quella ch'essa ha nei clan collettivistici, specialmente se l'uomo si è dato anch'egli all'agricoltura, e massime se la compra della sposa perdura. Eppure anche in tal caso ella acquista una qualche importanza ed è trattata amichevolmente, come rilevasi dalla testimonianza di esploratori e scienziati.— Possiamo dunque conchiudere che dove e sino a quando non intervengono le cause di cui or ora parleremo, la donna nell'agricoltura assurge, nelle condizioni che abbiamo indicato, all'eguaglianza e talora persino ad una posizione superiore (almeno di fronte al marito), e in tutti i casi è bene ed amichevolmente trattata.

Quanta luce non si proietta da queste relazioni tra l'agricoltura e la condizione della donna su la protostoria e persino su la storia delle popolazioni antiche! Noi possiamo dire a priori che quei Licii dell'Asia minore, di cui Omero vantava lafeconda gleba, e che avevano, secondo Erodoto, la famiglia materna ed erano stati governati da regine, ossia da Capi del bel sesso, non erano originariamente ariani, s'è vero che gli ariani primitivi erano pastori, ed al certo non erano discendenti immediati di un popolo pastorale. E lo stesso possiamo affermare dei loro vicini Cari, che Omero diceva dibarbara favellae dei Lelegi che spesso con loro si confondono nelle più antiche memorie, e dei Lidi. E possiamo spiegarci perché gli Etruschi, figli della Lidia o almeno dell'Asia minore, abbiano serbato per sì lungo tempo alcuni caratteri della famiglia materna. E possiamo comprendere perché abbiano conservato tracce della discendenza femminile e dell'alta posizione della donna gli antichi Egizi (Teulon), popolo essenzialmente ed originariamente agricolo, mentre solo alla vita ed alla diffusione di un popolo agricolo si prestavano le condizioni del suolo. Noi possiamo inoltre spiegarci l'alta posizione originaria della donna in tutte le popolazioni libiche o berbere (Letourneau) e nei loro stretti parenti, gl'Iberi antichi (Strabone). E possiamo infine, formarci un concetto sociologico di questo gran complesso di popoli che nei tempi preistorici abitarono tra le coste mediterranee e le montagne, e ch'erano dediti essenzialmente all'agricoltura.

Ma nello stesso tempo si dimostra infondata la generalizzazione e l'induzione. Il matriarcato, la cui constatazione resta sempre un titolo di gloria per il Bachofen e il Lennan, non poté verificarsi nei popoli agricoli se non in un determinato complesso di circostanze, per il quale non fu provato da quei dotti che l'agricoltura abbia dovuto, in qualsiasi luogo, passare. Al certo non poteva esistere nei popoli essenzialmente e tipicamente pastorali; or siccome la pastorizia poté sorgere anche dalla caccia, nulla è meno dimostrato del matriarcato come fase universalmente percorsa dall'umanità.

Consideriamo ora il grave mutamento che la condizione della donna subisce, nell'agricoltura medesima, col variare della produzione e dei rapporti economici, limitandoci ai casi più salienti.

L'uomo non solamente può darsi e si dà all'agricoltura riservandosi la parte più elevata o più nobile del lavoro, ma a poco a poco con la produzione industriale e il commercio in luoghi lontani e rischiosi, può concentrare e concentra nelle sue mani la ricchezza mobiliare, e con questo mezzo può comprare la donna o le donne, compensando o superando l'utilità economica che esse offrono alle loro famiglie od al loro clan; e il suo vantaggio aumenta con l'importanza di quella ricchezza. Ma v'ha di peggio. Egli può fare schiavi anco indipendentemente dalla guerra, mercé la caccia all'uomo, (come in Africa e altrove) e impiegarli per suo conto su le terre libere. Or la schiavitù abbatte la potenza femminile anche là dove non è sorta la proprietà privata del suolo e la coltura è libera. Infatti egli può sfruttare la terra senza bisogno della donna, ed ecco scemato il valore economico di lei. Può soddisfare la sua brama di voluttà, e il suo bisogno di figli fuori del matrimonio, ed ecco abbassarsi anche il valore genetico. Non basta. Appena diffusa la schiavitù, la donna libera non può più fare a meno della protezione dell'uomo, ed ecco la sua inferiorità divenire irrevocabile. Così nei villaggi mobili dell'Africa equatoriale, dove la proprietà fondiaria non esiste e la stessa ricchezza industriale è poco sviluppata ma la schiavitù è generale "la donna è unacosa, e coopera con gli schiavi agli ozî dell'uomo". Egli infine può appropriarsi a poco a poco la terra, escludendone la donna. Quest'appropriazione e trasmissione ai soli maschi (figli o nipoti che sieno) può avvenire indipendentemente dalla reazione potentissima che eserciteranno la conquista e l'esigenze militari attribuendo la terra a coloro che l'han conquistata e sono in grado di difenderla; può avvenire, dico, per solo effetto dell'importanza economica che per più vie l'uomo ha acquistato, nel seno della famiglia o del clan. Certo è che una volta avvenuta, la posizione della donna riceve un colpo definitivo, come ben videro ilMorganed ilBebel. Qual riprova anche qui! Per limitarci ad un solo gruppo di popoli, del quale abbiamo già parlato (mediterranei) ed in cui la schiavitù non esisteva od era rarissima, quand'anche non fosse evidente che il decadere della donna nella massima parte di essi fu l'effetto della proprietà fondiaria accentratasi nell'uomo, sarebbe sempre decisiva l'antitesi che a tal riguardo ci offrono i Tuareg ed i Kabili. Tra i primi la donna ha continuato a possedere ed ereditare, ed ha conservato una posizione elevata; tra i Kabili invece, esclusa interamente dalla proprietà, è divenuta una specie di schiava (HannoteaueLetourneau). Eppure tutt'e due i popoli fanno la guerra; tutt'e due appartengono all'identica razza o varietà, che il Sergi va oggi illustrando.

Agevolmente s'intende che dove tutte le cause indicate concorrono, massimo dev'essere l'effetto. Così in gran parte dell'Africa, e in molte delle antiche nazioni di Europa e di Asia, non escluse le più civili tra esse. Senonché una limitazione è qui necessaria, e non è altro che una novella conferma dei rapporti generali. L'abbondanza della ricchezza e specialmente degli schiavi esime la donna dall'ufficio di bestia da soma e la spinge negliharem neiginecei, strumento di voluttà e generatrice di figli. Dalla qual condizione nelle nazioni antiche la donna non si rialza alquanto, se non in seguito ad un fatto che, anco quando implichi la reazione dei sentimenti domestici e di fenomeni sociali più complessi, è sempre un fatto economico o almeno opera come tale: ladote!

E qui mi fermo, anche perché più ci inoltriamo nella serie dei tipi sociali, più si manifesta la reazione che i fenomeni sociali più complessi esercitano su i più semplici e persino su quello economico, oscurando alquanto la visione dei rapporti primitivi e più fondamentali. Or da quella reazione noi dobbiamo a principio, per quanto è possibile, prescindere.

Un'altra serie di relazioni evidenti è quella che intercede tra le forme del matrimonio individuale e le condizioni economiche, ed ha, tra le altre, una splendidissima conferma in quei popoli, in cui il diritto non ha potuto ancora allacciare le forme del matrimonio, vale a dire non ne prescrive né sanziona alcuna, onde si vedono coesistere la monogamia, la poliandria, la poligamia; perché in tal caso l'influsso delle condizioni economiche apparisce in tutta la sua nudità e crudezza: la poligamia è praticata da quelli che possono mantenere più donne o trarne profitto, coi loro mezzi, nella produzione; la monogamia da coloro che non possono mantenerne o sfruttarne più di una; la poliandria soltanto da coloro che si trovano nelle condizioni più misere. È ben naturale poi che il generalizzarsi, in una società od in un popolo, di questa o quell'altra forma di matrimonio dipende dallo stato generale della ricchezza e dalla maggiore o minor capacità produttiva del territorio. I Veddah e i Boschimani sono monogami per forza, e i Tibetani poliandrici; ma in tutti i popoli andrarchici che siano ricchi di caccia o di pesca o di greggi e di pascoli o di messi, la poligamia o il suo sostitutivo, il concubinato, predomina. Il rapporto numerico dei due sessi, che come causa biologica sembrerebbe dover occupare il primo posto ha nella concreta realtà un'importanza secondaria persino nella poliandria dei popoli, in cui le donne sono scarse (Salvioli). Non ne ha poi alcuna nel seno di ciascuna società di fronte alla quantità dei beni economici, dove son sorte le classi e massime dove il privilegio economico è stato sancito dal diritto. Allora, qualunque sia la proporzione dei sessi, avviene pressappoco quel che il Waitz dice dei Polinesi: ai ricchi la poligamia e il concubinato, al popolo la monogamia, il celibato, la promiscuità, la sodomia e l'onanismo.

Le variazioni dell'economia, si riflettono persino nel più complesso dei fenomeni genetici, ch'è il parentado, così sotto il rapporto condizionale come sotto quello teleologico. E qui mi limito a ricordarvi l'estrema variazione che il clano lagente(la forma più vasta del parentado) può subire: la sua sparizione. Questa deve avvenire ed avviene dovunque manchi la condizione economica. Così tra gl'indigeni del Brasile e altrove si son visti ad una qualche distanza dai clan esogami, gruppi sociali dell'identica popolazione, che, costretti a disperdersi dalle condizioni del suolo, aveano perduto non solo ogni legame tra loro ma la stessa idea di parentela; onde ciascuno da clan era divenuto semplice gruppo, e il matrimonio avveniva indistintamente tra i suoi membri e talora regrediva sino al ratto violento delle donne. Il clan o la gente tende pure a dileguarsi, ma in una formazione sociale superiore, se, anco perdurando la condizione, cessi il fine economico. Infatti non appena il villaggio dove i membri di una frazione di clan o frazioni di clan diversi, coabitano, si rende stabile e territorialmente indipendente, l'appartenenza al medesimo clan può perdere ogni importanza pratica, se gl'interessi economici che prima univano gl'individui appartenenti allo stesso clan, vengono a legare i coabitanti del villaggio, come tali. E la perde inevitabilmente quando sorge la proprietà individuale e alienabile, la diseguaglianza delle fortune, il commercio con persone di qualsiasi gente. Così, indipendentemente dalla reazione che potranno esercitare l'esigenze del reclutamento militare, la difesa sociale e la conquista; il dissolversi degl'interessi comuni ai parenti ed il sorgere d'interessi nuovi (cioè comuni con altri) basta a rompere la costituzione gentilizia, lasciando tutt'al più al cognome il valore di norma esogamica. Al che forniscono una riprova sufficente gli esempî offerti dalla sociologia descrittiva; e dall'altra parte non contradicono i casi, in cui la gente sorge o permane, meno compatta e meno consistente, per altri bisogni di decrescente intensità, tra cui principale è quello di protezione (Grosse); anzi dobbiamo vedere negl'interessi economici, progressivamente cangiantisi ed estendentisi a circoli sempre più diversi di persone, una forza capace di minare progressivamente lo stesso ufficio protettivo di quella istituzione.

Noi abbiamo dovuto conchiudere che le prime e più profonde variazioni dei fenomeni genetici si debbono a variazioni dei fenomeni economici. Il che riconferma, sempre col metodo deduttivo–induttivo, il secondo rapporto generale della Sociologia umana: i fenomeni genetici umani dipendono come da loro cause(condizionali e finali)oltre che dai bisogni genetici(che si suppongono preesistenti e generali)dai fenomeni economici, e la loro formazionee, sino ad un certo grado, la loro esistenza è indipendente da qualsiasi altro fenomeno sociale umano.

Ma con ciò non abbiamo inteso escludere l'azione e la reazione che i fenomeni genetici, una volta sorti, esercitano tra di loro. Indubbiamente vi sono variazioni genetiche prodotte da altre variazioni dello stesso ordine, mentre lo stato dell'economia rimane invariato. Così per es. l'alta posizione della donna può reagire su la forma del matrimonio, impedendo la poligamia anche là dove sarebbe lecita, come tra i Tuareg; viceversa la poliandria può rialzare la condizione della donna anche in popolazioni patriarcali; mutando la forma del matrimonio, mutano anche alcune relazioni dei figli ai genitori ecc. Ma evidentemente queste variazioni vengonodopodi quelle che noi abbiamo avuto principalmente di mira e sonosecondariedi fronte ad esse.

Tanto meno abbiamo inteso di trascurare l'azione propria degli affetti disinteressati, che in questo come in ogni altro campo del fenomenismo sociale si formano o si sviluppano da analoghi sentimenti sottoumani. Gli affetti conjugali, famigliari e di parentela, che possono costituire, come i sentimenti di altri ordini, materia di fatti morali, ma non sono ancora i fatti morali propriamente detti appartengono alla stessa classe di fenomeni che la Sociologiageneticadove studiare; e ne costituiscono, per così dire, prima, lo strato più alto. Senonché la verità che li concerne è questa, che non solamente la loro intensità varia con le condizioni economiche, e la miseria vi esercita un'azione dissolvente, ma anch'essi prendono forme e direzioni diverse col variare delle relazioni genetiche, determinato alla sua volta dai mutamenti economici. Ciò è inevitabile. Così per es. là dove cause economiche hanno prodotto il matrimonio ambiliano, e i figli convivono intimamente con la madre e tutto ricevono da lei, nome, sostentamento ed averi, mentre il padre entra nella casa come un estraneo od un servo, o vi passa solo la notte, grande sarà l'affetto e la pietà filiale per la propria madre, ma come mai potrebbero formarsi sentimenti simili per il proprio padre? Al contrario se, come avviene per lo più nella pastorizia tipica, i figli tutto ricevono e tutto sperano dal padre, mentre la povera mamma, comprata, nulla tenente, costretta ai lavori più bassi, disprezzata, non può neppure dirigere la loro condotta, perché nuocerebbe alla stessa azienda domestica, ch'è regolata dal capo di famiglia, a cui appartengono i mezzi di produzione ed il lavoro principale, gran rispetto potrà crearsi per il proprio padre, ma non già per la propria madre. Così ancora nella famiglia materna, ma non matriarcale, lo zio susciterà necessariamente quei sentimenti da cui in quella patriarcale è circondato il padre. Così, per citare un altro esempio, dove i bisogni economici han determinato la famigliapunaluaod altra consimile, è impossibile un amore speciale per i figli proprî:, l'affetto ricadrà egualmente su tutti i piccoli. E ancora: se le necessità economiche costringono le famiglie a separare i loro interessi e a dissociarsi, come mai potrebbe conservarsi a lungo andare quel sentimento vivo ed intenso della parentela, che avvince membri di un clan collettivista? Or il procedere di tali mutamenti è semplice e chiaro: una variazione delle circostanze primarie ed extra–sociologiche (ambiente e popolazione) determina una variazione dei fenomeni economici, indipendentemente dalle relazioni genetiche e ordinariamentesenza contradire ad esse; ma a poco a poco questa variazione rende necessario un riadattamento delle relazioni genetiche, che s'inizia anch'esso ordinariamente senzacontradireagli affetti disinteressati, ma alla sua volta, procedendo, determina una nuova forma o direzione di questi affetti.

Ma se i sentimenti genetici disinteressati sono l'effetto e non la causa delle relazioni genetiche, e se le loro variazioni sono l'effetto e non la causa delle variazioni genetiche: in che consisterà mai la loroazione propria? Consisterà, se non altro, nel rafforzare la situazione stessa che li ha prodotti o ne ha reso possibile lo sviluppo; nell'attenuare gli effetti dell'egoismo cosciente e calcolatore su le relazioni genetiche; nell'opporre, in certi limiti, una resistenza a quelle variazioni genetiche che ad essi contradicono; nell'accelerare quelle altre che con essi si accordano. Ma neppure questo punto mi è dato di svolgere qui; e, d'altronde, io intendevo soltanto richiamare ancora una volta la vostra attenzione sul fatto che al di là delle prime e più gravi e più estese variazioni dei fenomeni genetici, prodotte da variazioni dell'economia e come tali rientranti nel quadro del determinismo economico, esistono altre due, per quanto meno estese e più complesse, specie di modificazioni che trascendono il compito di quello, ma non già della scienza sociale, e son dovute: 1° all'azione delle stesse relazioni genetiche; 2° alla reazione dei sentimenti. Il che vuol dire che neppur quella classe di fenomeni che nella nostra serie viene immediatamente dopo dell'economia, possiamo esaurire tutta quanta mercé il puro, rigoroso determinismo economico. Al di là, ancora, si trovano le variazioni prodotte dalla reazione di fenomeni più complessi, diritto, guerra, morale, religione, scienza. Ma questa reazione non si può in nessun modo calcolare a principio, nella parte più semplice ed astratta della sociologia genetica, senza venir meno all'esigenza del metodo sociologico (deduzione progressiva verificata dall'induzione) il quale va sempre dal più semplice al più complesso.

I FENOMENI GIURIDICI.

I fenomeni genetici, tranne quelli che son tali in un senso quasi metaforico, come la riproduzione sociale non concernono mai nelle società umane la totalità dell'aggregato. Con quelli giuridici, si ripiglia la serie dei fenomeni, sociali nel senso stretto della parola. Essi sono evidentemente analoghi ad attività e bisogni che nella serie psicologica generale vengonodopo di quelli a cui corrispondono i fenomeni economici e genetici; cime alla inibizione che consegue alla reazione ed alla rivalsa. Vedremo che tra i due termini vi è molto dippiù che un analogia, giacché questi bisogni entrano come elementi nella motivazione che dà origine all'attività giuridica. Maggior affinità, o addirittura omologia, essi hanno con la reazione e rivalsa collettiva e con la conseguente inibizione, che nella serie sociologica generalissima vengonodopodei fenomeni collettivi o sociali di produzione e di generazione. Ma queste non costituiscono ancora il fenomeno di cui parliamo, nonostante che anch'esse implichino l'azione di una forza collettiva. Nel campo giuridico una tal forza opera in modo relativamente costante, secondonormee dietro un riconoscimento (giudizio) ed una decisione (sentenza): non importa se queste funzioni sieno collettive o localizzate. Pur essa è sempre uno degli elementi caratteristici, senza di cui il fatto giuridico si confonderebbe con altri più elevati.

Qualunque sia il gioco dei motivi individuali che produce un tal fenomeno o sistema di fenomeni, egli è certo che in esso l'opera della forza collettiva ha per risultato d'inibire cioè d'impedire (sia immediatamente con la sua azione effettuale che consiste nell'infliggere un dolore o arrestare un'attività, ovvero mediante l'idea o rappresentazione di questa sua potenza) che si producano azioni o perdurino effetti, capaci di ostacolare o distruggere (nella società intiera o in un qualsiasi individuo della medesima, o in una classe o in un qualsiasi membro di questa) l'esercizio di certe determinate attività e il godimento di certi determinati beni.
Così l'attività giuridica contribuisce ad assicurare alla società intiera o a ciascuno individuo o ad una classe sociale o a qualunque membro della medesima, l'esercizio di determinate attività e il godimento di determinati beni. E proprio in quanto questo esercizio e questo godimento sono socialmente assicurati o garantiti per tal via, cioè mediante l'inibizione ch'esercita una forza collettiva o sociale, le facoltà corrispondenti costituiscono altrettantidiritti; mentre ildoveregiuridico consiste nella necessità di non ostacolarne o distruggere l'esplicazione, se non si vuole incorrere negli effetti della forza sociale, cioè in un dolore o in un inutile sforzo. Così il fenomeno di cui parliamo, resta distinto non solo dagli analoghi fatti zoologici, ma anche da un fenomeno umano più complesso, che è quello morale, il quale ha per sua sanzione esteriormente la pubblica opinione e internamente un insieme di speciali motivi (morali). Inoltre il dirittoesistente, cioè il fatto obbiettivo che la scienza deve, pria di ogni altro, studiare, resta distinto dal dirittoideale, con cui s'indica una facoltà o un complesso di facoltà chedovrebberoessere garantite,affinchél'esigenza della simpatia ovvero quella della utilità generale od entrambe sieno soddisfatte. Quando il diritto esistente coincide con quello ideale, si ha il diritto vero e perfetto; e non vi ha società in cui questa coincidenza non si verifichi in parte.

Ebbene del fenomeno di cui abbiamo rapidamente descritto i caratteri distintivi (per ragioni di brevità, non perché ciò fosse indispensabile al metodo nostro), quali sono le cause?

Noi sappiamo già che vi sono due specie di attività dell'uomo sociale, le quali possono esistere indipendentemente dal fenomeno giuridico e da qualsiasi fenomeno sociale umano; e sono quella economica e quella familiare. Ci s'impone dunque logicamente, rigorosamente la necessità di supporre un aggregato sociale già fornito di questo due specie di attività, (le quali corrispondono ai due primi bisogni o gruppi di bisogni della serie psicologica individuale), o almeno della più fondamentale tra esse, e ricercare quali effetti vi produrrà, ad un certo punto ed in certe condizioni, il terzo gruppo di bisogni, quello derivato dalla difesa (rivalsa, vendetta ecc.), e la conseguente inibizione. Ma giacché un'analoga deduzione l'abbiamo già fatta nella Sociologia zoologica generale per tutti gli animali socievoli, partendo dalle attività individuali e sociali di produzione (animale) e di generazione, e siamo arrivati alla reazione collettiva, il problema si ridurrà a indagare una ulteriore trasformazione di quest'ultimo fenomeno.

Ho già detto che nei più piccoli gruppi sociali, ed anche nella famiglia composta in cui i figli rimangono accanto ai genitori con le loro donne (sieno o no comuni) e i loro figli — esista o no l'idea della parentela — i fattori generalissimi o sotto umani, come l'inibizione reciproca, il dominio dei più forti, gl'interessi comuni e lo stesso sentimento sociale sono sufficienti alla conservazione e coesione del tutto sociale: il fenomeno giuridico non è né utile né necessario, e nel fatto non trovasi mai. Le piccole orde dei Boschimani, erranti per le deserte lande, e dei Fuegiani dispersi per le numerose isolette, le famiglie semplici dei Veddah dei boschi, le famiglie composte e i gruppi degli Esquimesi, salvo i più numerosi, e persino, secondo il Post, quelle dei Bari, dei Mu–Kuando e Mu–Kussen in Africa, non presentano fenomeni giuridici; il che costituisce una prova tanto più grave, in quanto tutte questo popolazioni sono regredite per forza dell'ambiente da uno stato sociale più elevato, che altre popolazioni dello stesso ramo conservano ed in cui il diritto esiste.

Noi dobbiamo dunque supporre che l'aggregato sociale sia numericamente aumentato e corrisponda almeno ad un gruppo genetico di 3° grado, in cui i figli dei figli con le proprie donne e la lor prole si aggiungono ai superstiti delle generazioni precedenti, vale a dire a quel gruppo, che, quando è sorta l'idea di parentela, costituisce il primo grado della gente o del clan. Nel fatto noi troviamo già chiaro e distinto il fenomeno giuridico, per quanto limitato e ristretto nel suo contenuto, nelle orde di cacciatori che siano più grandi della famiglia composta, nei villaggi di cacciatori superiori, nei Kraal e villaggi pastorali, in tutte le genti agricole e nei villaggi in cui si suddivide e risiede una gente, assai cresciuta di numero; a fortiori nelle comunità di villaggio vere o proprie, come la dessa giavanese o la mark germanica o il mir russo.

Ora la prima condizione dell'esistenza di un tal gruppo sociale e quindi del fenomeno giuridico, è sempre la produzione economica ed una quantità di prodotti sufficiente. Noi supporremo che il bisogno che tiene uniti gli individui, sia appunto quello di cooperare nella produzione stessa. Calcoleremo in seguito gli effetti di altri bisogni qual'è, per esempio, la mutua protezione (da non confondersi con la guerra). Senonché il grado della cooperazione in un gruppo abbastanza numeroso e in una forma di produzione semplice ed omogenea in tutte le parti del territorio e senza divisione del lavoro, qual'è la caccia o la pesca, (e, in limiti più ampi, anche l'agricoltura primitiva) non consente il completo assoluto comunismo nella produzione e distribuzione. Non tutti i giorni né in tutti i mesi dell'anno si offre la caccia ai grandi branchi dei bisonti o degli elefanti o delle antilopi o quella in massa agli animali del bosco, od altra occasione di cooperare efficacemente. Molte risorse dell'ambiente non possono sfruttarsi se non sparpagliandosi: e quanto più il gruppo è numeroso e meno uniformemente produttivo il territorio, tanto più s'impone all'individuo di cercare col proprio lavoro e indipendentemente dal gruppo una parte dei suoi beni economici. (Analoga situazione presenta l'agricoltura primitiva: donde la coltivazione libera e dissociata da una parte, e, dall'altra la divisione del terreno comune in lotti). Aggiungi che vi sono lavori, come la fabbricazione degli strumenti, degli utensili, delle vesti, la preparazione dei cibi, che in una società primitiva e abbastanza numerosa non si possono fare in comune. Ma se per tutto questo l'individuo non può cooperare col gruppo intero, utili gli riescono la collaborazione con altri individui e la divisione del lavoro con essi e magari i loro servigi economici; e naturalmente ci si unisce o, meglio, resta unito con quelli con cui ha convissuto per relazioni genetiche. Così nel seno del gruppo, che coopera per es. nella gran caccia o nella gran pesca (e poi nei lavori agricoli comuni) si formeranno tanti piccoli gruppi relativamente stabili, ciascuno dei quali coopera, per es. nella piccola caccia o nella ricerca di frutta, radici, molluschi, conchiglie (e poi nella coltivazione di un lotto di terra). Sono le famiglie, ed assumono necessariamente carattere umano. (Da ciascuna di esse può svilupparsi, in favorevoli condizioni, la famiglia composta umana e poi la gente). Si forma così un fenomeno più semplice del diritto. Esso sorge ed esiste, indipendentemente dal diritto. Anzi se la analoga situazione economica si verificasse, per la natura del territorio o della produzione, in un aggregato di 2° grado, anche in questo potrebbe sorgere la famiglia semplice umana; al certo può esistere, ed infatti trovasi nei Boschimani, nei Fuegiani, negli Esquimesi. Sebbene la famiglia non può essere la condizione necessaria del fatto giuridico come non è di altri fenomeni sociali, alla stessa guisa che la riproduzione nell'individuo non è la condizione necessaria di altre funzioni organiche più complesse; gravissima importanza ha per noi l'aver constatato che essa è un fenomeno più semplice e può esistere senza del fenomeno giuridico. Vedremo che essa è anche un fine, a cui l'attività giuridica serve di mezzo non viceversa; onde i due termini formano una serie, di cui vedremo in seguito le conseguenze.

Ciò premesso, e supponendo che nessun altro fenomeno sociale umano esista, neppur quello politico; consideriamo se non possano sorgere, quantunque per vie diverse, fatti sociali per quantominimi, i quali sieno distinti dai precedenti (economici e genetici) e meritino il nome di giuridici.

A) Nel gruppo da noi considerato debbono esistere già coordinamenti, divenuti abituali, degli atti dei singoli individui; formatisi in seguito ad associazioni psichiche e all'opera dei motivi e bisogni degl'individui stessi ed aventi per risultato, non sempre né in tutto consciamente proposto, il conseguimento dei fini comuni. Non sono fatti giuridici né morali, ma adattamenti spontanei, abitudini sociali, che esistono in minori proporzioni anche in gruppi meno numerosi e persino in branchi animaleschi. Or ogni grave violazione di questi coordinamenti ed abiti sociali e in generale ogni atto nocivo o pericoloso all'intiera comunità, il quale porti, o possa portare entro il gruppo la fame o la morte o semplicemente il dolore, e di cui gli individui percepiscano il danno o il pericolo, tende a provocare lo sdegno collettivo e quindi la reazione collettiva. E quella stessa tendenza per cui in certe specie di animali l'intiero branco dilania o scaccia chi ha emesso un grido importuno e pericoloso o si è reso insopportabile, e le formiche si scagliano contro quelle che se ne stanno inoperose in disparte. È lo stesso fatto sottoumano che si presenta, sotto due grandi forme che hanno conseguenze opposte, l'una estrema, per cui l'individuo è eliminato dal branco (ucciso o scacciato) e l'altra meno grave per cui l'individuo, represso, rimane nel branco.

Noi presupponiamo così due fatti. Il primo è che nel gruppo umano da noi considerato si produca qualche atto socialmente nocivo da parte degli individui. Or la possibilità di questi atti è data precipuamente:

1.° perché, giusta la nostra ipotesi, l'armonia degl'interessi non è assoluta, come nel piccolo gruppo comunistico, onde vi sarà qualche atto che pur danneggiando la comunità, riesce in fin dei conti utile all'individuo, che in certe circostanze lo compie, onde se queste circostanze cominciano a presentarsi con una certa facilità, anche l'atto tenderà a divenire frequente. Tal'è, per citare esempî reali, il cacciare o pescare per proprio conto nello spazio destinato alla caccia o pesca comune; l'appropriarsi per qualsiasi scopo parte del territorio comune di caccia o di pesca (o di pascolo); il mangiarsi prima del tempo della raccolta comune certi prodotti naturali ecc.;

2.° per l'inferiorità psichica di alcuni individui, sia dessa temporanea, come nei più giovani ed inesperti, ovvero permanente o addirittura innata per quanto raramente e tardivamente questa ultima possa apparire nei gruppi primitivi ed egalitari; la quale, anche nei casi di perfetta equazione tra l'utilità generale e quella individuale può spingere l'agente a danneggiare la comunità e disviarlo dal suo vero interesse. Queste cause sono indipendenti l'una dall'altra, onde anche i loro effetti possono studiarsi indipendentemente, quantunque si debba pensare che gli uni e le altre si svilupparono secondo un certo ordine temporale.

Il secondo fatto che noi presupponiamo è che l'atto socialmente nocivo, che cioè danneggia la comunità e quindi i singoli membri, provochi in costoro i sentimenti sottoumani che spingono ad infliggere dolore per dolore e che accompagnano un triplice stato dell'individuo. Ebbene la deduzione progressiva deve appunto presupporre tali sentimenti nell'uomo giuridicamente primitivo, se non vuole partire dal concetto di una specie affatto razionale e altruistica.

Ma la reazione collettiva, in quanto segue al risentimento ed all'ira, è sempre un fatto sottoumano, immediato, istantaneo, variabile; non è al certo un fenomeno giuridico. Essa si confonde quasi con la difesa contro un'aggressione immediata. Nell'uomo, è vero, perdurando con la memoria lo sdegno, si ha anche la reazione a distanza di tempo, cioè la vendetta collettiva, ch'è assai più vicina al fenomeno giuridico che non siano la difesa o la reazione collettive. Ma anch'essa è variabile come il sentimento che la determina. Questo tende per sua natura a decrescere ed estinguersi, e inoltre rivolgendosi ad un danno già avvenuto ed ormai irrimediabile, dev'essere vinto spesse volte, se non è soddisfatto prontamente, dall'idea persistente dei vantaggi che l'autore può arrecare con la sua cooperazione nell'avvenire e dal corrispondente sentimento utilitario (anco prescindendo, come dobbiamo fare a principio, dagli effetti dei sentimenti sociali e altruistici). Anche la vendetta collettiva dunque è variabile nella sua intensità e può talvolta mancare; tal altra l'individuo stesso può fuggirvi per poi insinuarsi nuovamente nel gruppo. Ma posto pure che per qualche atto socialmente nocivo essa avvenga immancabilmente, non per questo costituirà ancora un vero fenomeno giuridico, finché unico motivo ed unica causa della reazione sia lo sdegno e il bisogno d'infliggere dolore, ed unico risultato consapevole la soddisfazione di questo bisogno.

Senonché in un gruppo di esseri intelligenti e forniti di linguaggio, che cooperando, almeno in parte, hanno frequenti occasioni di riunirsi e di stare insieme e di riandare i fatti avvenuti, non possono non prodursi alcune associazioni psichiche, riflessioni ed esperienze utilitarie, che sono le più semplici che l'uomo sociale possa fare dopo quelle economiche e genetiche. Ed esse, come or ora vedremo, sostituiranno alla semplice reazione e vendetta collettiva un fatto superiore o parecchi fatti superiori.

a) Se per la natura e gravità del danno prodotto o per reiterati atti dannosi, della stessa o di diversa specie, commessi dal medesimo individuo, che sono sfuggiti alla reazione o sono stati oggetto di reazione lieve, si suscita in ciascuno dei suoi compagni un timore di futuri danni, il quale vinca ogni aspettativa di futuri vantaggi, in tal caso il risentimento opererà senza il contrappeso già indicato; ma simultaneamente entrerà in gioco un bisogno utilitario, razionale, eguale e costante in tutti gl'individui, quello d'impedire i danni futuri. Or se il timore di questi, secondo l'ipotesi, è così forte da far preferire la non presenza dell'autore alla sua cooperazione, il bisogno d'impedirli trova già nelle forme estreme di reazione collettiva (uccisione od espulsione), a cui in tal caso il risentimento tende, il mezzo più semplice della sua soddisfazione. L'esperienza conferma immediatamente che l'eliminazione degl'individui giudicati pericolosi rende loro impossibile di nuocere, mentre s'essa ritarda, i danni facilmente si rinnovano. In tali casi dunque la reazione collettiva nella sua forma estrema diviene un'abitudine sociale, socialmente riconosciuta come utile in quanto impedisce a certi individui di ripetere i loro atti nocivi. E giacché all'idea della reazione collettiva non può non associarsi quella delle qualità individuali che ormai costantemente la provocano, si formeranno anche le corrispondenti norme penali. Tal'è quella generica e, direi quasi, indeterminata, ma pur chiara e consapevole, vigente nelle comunità agricole di villaggio, di espellere gl'individui ormai giudicati come socialmente pericolosi. Tal'è pure quella determinata e precisa che troviamo nei gruppi collettivistici, anco di cacciatori, i quali non possano fare a meno della collaborazione di tutti i loro membri, scacciare gli oziosi. (Persino nelle associazioni alquanto numerose di Esquimesi è obbligo stretto e rigoroso il lavoro). Tal'è ancora quella di espellere (e, in alcuni clan del Daghestan, secondo Kowaleski, di uccidere) coloro che mediante la loro condotta verso i membri dei gruppi vicini o discreditano il gruppo o espongono i proprî compagni a continue individuali rappresaglie. — In tali casi norme, giudizio, condanna, tutto si riferisce alle persone, come fornito di qualità socialmente dannose, non già ad un singolo atto determinato.

La possibilità del fenomeno testé descritto è data precipuamente dalla 2.a delle cause da noi indicate (pag. 111), nella sua forma permanente; e proprio quando la 1.a causa è assente o troppo debole, quando cioè molto elevato è il grado di armonia degl'interessi, come nelle comunità agricole di villaggio, e quindi molto rare sono le offese gravi e continue alla comunità, le quali provengono principalmente, almeno negli adulti, da un'anomalia psichica permanente e quindi facilmente si ripetono dallo stesso individuo il movente della pena testé indicato (ch'è l'inibizione fisica e assoluta, cioè l'eliminazione) apparisce con la maggiore evidenza.

Non abbiamo calcolato gli effetti della simpatia e dei sentimenti sociali, cioè di quei fatti psichici, che non sono ancora quelli propriamente dettimorali, ma debbono sorgere o svilupparsi per mero effetto della convivenza e della cooperazione ed esistono infatti anche in società sottoumane; mostrando come lo strato più profondo e più semplice del fenomeno di cui parliamo, possa esistere indipendentemente, non che dai fatti morali, ma dagli analoghi fenomeni sottoumani. Ora notiamo che tali sentimenti, una volta sviluppati, essendo gli antagonisti di quelli che spingono ad infliggere dolore, tendono ad eliderne gli effetti. Più grande è la cooperazione e l'intimità dei vincoli sociali, più forti e persistenti saranno questi stimoli benefici e più vasta l'elisione che essi — in certi limiti — producono. Noi possiamo immaginare che per questa come per altre cause la tendenza dello sdegno sia intieramente eliminata. Ma vi è qualcosa che non può essere mai eliminato, ed è il bisogno d'impedire i danni futuri. Esso cercherà in ogni caso i mezzi della sua soddisfazione, i quali, del resto, potrebbero (in abstracto) essere anche compatibili coi sentimenti sociali, cioè non produrre dolore. Evidentemente l'azione di questi sentimenti non potrà consistere se non nel risparmiare dolore, cioè nel far preferire i mezzi non dolorosi a quelli dolorosi, e, tra questi, i più miti. Per tal via si è giunti già alla cura o almeno alla segregazione dei delinquenti pazzi e si potrà giungere a spedienti che escludano intieramente il dolore del reo. Ma questi mezzi evidentemente sono troppo complessi, cioè presuppongono un cumulo di modificazioni e complicazioni sociali, e quindi riescono impossibili in società primitive. Dalle quali possiamo aspettarci soltanto che (nei casi gravi di cui qui si tratta) proferiscano alle forme più dolorose di eliminazione le più lievi: alla uccisione l'espulsione violenta o con bastonatura o col bando; a questa la mera espulsione; a questa il semplice abbandono.

b) La reazione collettiva nella sua forma estrema, in una società guridicamente primitiva diverrà inevitabile, costante, abituale, socialmente riconosciuta come utile anche in un altro caso: quando invece della ripetizione (reale o preveduta) di atti nocivi da parte di un medesimo individuo, si abbia la ripetizione, entro il gruppo, di un medesimo atto riconosciuto come gravemente dannoso o capace di divenirlo mediante la ripetizione stessa; vale a dire quando un atto simile si presenti con un certo grado di frequenza. Allora si suscita nella maggioranza degl'individui uno stato psichico analogo a quello che nel caso precedente era provocato dalla condotta di una persona determinata: il timore di sempre nuovi danni da parte di sempre nuovi individui, e il bisogno d'impedire questi danni. Ma nel caso attuale il timore non può cessare con la sparizione o l'allontanamento di chi abbia già commesso l'atto nocivo; e il bisogno di impedire danni futuri non può trovare la sua soddisfazione nell'eliminazione come tale. Ci vuole qualcosa che impedisca il ripetersi dell'atto da parte di nuovi individui che si trovino o sieno per trovarsi nelle circostanze in cui gli altri lo hanno commesso. Ebbene l'esperienza o la riflessione o la semplice presunzione fondata su associazioni psichiche relativamente elementari o tutt'e tre insieme, debbono suggerire all'uomo giuridicamente primitivo che un tal mezzo esista già, come effetto della stessa reazione collettiva, e sia il timore di questa reazione. Egli sarà dunque disposto a reagire contro chiunque commetta quell'atto, e reagirà realmente e costantemente, con lo scopo d'intimidire. La reazione collettiva sarà fissata e sostenuta dall'idea della sua utilità in quantoimpediscead altri l'atto dannosointimidendoli

Colmiamo qualcheduna delle tante lacune esistenti in queste rapide considerazioni deduttive. La possibilità, anzi la necessità del fenomeno testé descritto è data precipuamente dalla 1.a delle cause da noi indicate (pag. 111). Infatti non verificandosi sempre l'equazione tra l'utilità generale e quella individuale, vi sarà qualche atto che, pur danneggiando la comunità, apporti all'individuo che in certe circostanze lo compia, un vantaggio maggiore del danno ch'ei ne riceverà come membro della comunità medesima. L'uomo medio e normale (facendo per ora astrazione dai sentimenti sociali ed altruistici) avrà perciò una tendenza naturale a commetterlo quando si trovi in quelle circostanze, s'egli non n'è socialmente impedito. E se il numero di coloro che s'imbattono in tali circostanze, diviene sensibile, anche l'atto acquista un sensibile grado di frequenza. Tutto il contrario succede, come vedemmo, nei casi di perfetta e consapevole equazione tra l'utilità generale e quella individuale; l'uomo medio ed egoisticamente normale ha una naturale tendenza ad astenersi dall'offesa, la quale rimane, perciò un fatto raro e anormale.

Ciò posto, bisogna distinguere due situazioni. O l'atto socialmente dannoso riesce utile a tutti gl'individui che, trovandosi inquelle tali circostanze esteriori, lo compiano, qualunque sia per divenire il loro numero: come, per esempio, in una società pastorale riesce utile a tutti coloro che sono privi o scarsi di bestiame, l'appropriarsi un pezzo di terra per coltivarlo, sottraendola al pascolo; e come, al contrario, in una società agricola egalitaria riesce utile a chiunque abbia mezzi e forze da lavoro esuberanti l'usurpare parte del territorio comune. Ovvero l'atto cessa di essere utile all'individuo non appena molti o un certo numero lo compiano del pari; come, per es., il ricorrere, quando sia andata a male la caccia individuale, al bosco riservato alle grandi caccie comuni e periodiche, disturbando così la selvaggina e uccidendo senza distinzione, giacché così ad un certo punto si renderebbero impossibili le grandi caccie future con danno definitivo anche dei singoli cacciatori.

In entrambi i casi vi è sempre una maggioranza che in quelle tali circostanze in cui commettere l'atto è utile all'agente, non si trova né pensa potersi trovare nell'avvenire; ché se così non fosse, il sorgere di un fenomeno d'inibizione sociale non sarebbe possibile. Ciò è troppo evidente nella prima delle situazioni testé descritte; e, quanto alla seconda, è abbastanza chiaro che il fenomeno inibitorio non potrebbe sorgere se non per un accordo o una legge, cioè per una via complessa e inverosimile. D'altronde è conforme al nostro punto di partenza ed a tutte le nostre premesse ed all'andamento di ogni altra formazione naturale l'ammettere che ciascun coordinamento e ciascuna abitudine sociale, che si è stabilita spontaneamente e permane nell'interesse di tutti, e della cui utilità ciascuno è direttamente o indirettamente certo, non sia a principio violata da nessuno, e che le violazioni sorgano a poco a poco per effetto di un qualche mutamento delle condizioni di esistenza del gruppo, e vadano poi, col lento progredire del mutamento stesso, rendendosi più frequenti, ma non a tal punto che la minoranza divenga maggioranza o costituisca in qualsiasi modo la forza sociale

Appunto in questo stadio si forma il fenomeno di cui qui parliamo, cioè la pena come intimidatrice. La ripetizione entro il gruppo di un atto dannoso, la quale moltiplica i danni o li accumula minacciando distruggere una risorsa sociale o una delle condizioni del benessere del gruppo, provoca necessariamente il bisogno d'impedire l'ulteriore rinnovamento dell'atto stesso, e nessun altro mezzo più semplice e più efficace può offrirsi alla mente dell'uomo giuridicamente primitivo, che il terrore. Noi troviamo già sviluppato questo aspetto della pena in società di cacciatori e pescatori australiani (e ne addurremo or ora le prove); dove, a differenza delle comunità agricole di villaggio, l'accordo degl'interessi può esser rotto per più vie, e in più modi l'individuo può danneggiare il gruppo per giovare a sé stesso, mentre dall'altra parte troppo limitate sono le fonti di alimentazione e troppo gravemente il danno vien risentito.

Non occorre per il nostro scopo seguire lo svolgimento di un fenomeno che ha già i caratteri giuridici, e domandarci che cosa debba avvenire nel caso che, in ciascuna delle due situazioni indicate, i possibili violatori del costume divengano la maggioranza o riescano per una causa qualsiasi a disporre della forza sociale. Non è però inutile il considerare che nella prima di queste situazioni, quando, cioè la violazione riesce utile all'agente, qualunque sia il numero degl'individui che la compie; appena quelli diventino maggioranza o costituiscano la forza maggiore, non solo la punizione cessa, ma subentrando un diverso modo di condotta, la norma giuridica trasmutasi a lungandare in una diversa od opposta. Così, se il numero di coloro a cui torna comodo di appropriarsi una parte del territorio comune per cacciare o pescare, ha oltrepassato un certo limite, l'appropriazione stessa non potrà a lungo continuare ad essere oggetto di punizione, ma diverrà un modo prevalente di condotta, e alla fine sarà comminata una pena, persino la morte come nell'Ovest di Australia, a chi non rispetti la proprietà individuale o familiare del territorio di caccia o di pesca. Non diversamente avvenne in molteplici società dapprima pastorali, non appena si diffuse il bisogno e la pratica dell'agricoltura: mentre prima era punito di morte chi si appropriasse, per coltivarlo, un pezzo di terra, perché ciò danneggiava il pascolo comune, in seguito si proibì severamente di danneggiare con l'introduzione del proprio bestiame il terreno appropriato e coltivato. Allo stesso modo nelle comunità agricole con allottamento del terreno, alla proibizione di ritenere la propria particella oltre l'epoca della distribuzione periodica, succede un allungamento del periodo, poi il disuso della distribuzione stessa, infine il diritto di proprietà. E non dissimilmente nelle comunità agricole con coltura libera, alle contestazioni giuridiche ed alle rivoluzioni contro gli usurpatori del territorio comune (delle quali parla il Wallace) si sostituiscono il giuridico possesso dei terreni usurpati e la legale formazione di una classe di poveri, dovunque gli usurpatori, per effetto della loro stessa ricchezza, sieno riusciti a disporre della forza sociale.

Noi abbiamo tenuto conto soltanto dell'utilità intrinseca dell'atto. Sorvoleremo sopra un certo numero di cause e di motivi che sono anch'essi, sebbene non immediatamente o non riflessivamente, utilitari, ma possono elidere spontaneamente nell'uomo medio e normale sino ad un certo grado il bisogno che lo spingerebbe a danneggiare la comunità o, meglio, tutti i bisogni che non oltrepassino quel dato grado d'intensità. Tal è per es. il timore della cattiva disposizione di animo dei proprî compagni che si traduce in svantaggi economici o genetici; potentissimo nell'uomo primitivo. Tal'è pure il bisogno d'imitare la condotta consuetudinaria, concepita vagamente come utile alla conservazione del gruppo e quindi dell'individuo. In virtù di simili motivi l'uomo medio e normale si asterrebbe da certi atti, anche se la pena non vi fosse. Le conseguenze vedremo or ora, perché sono comuni ad altre cause.

Il sentimento sociale e quelli altruistici, su cui neppure possiamo qui trattenerci di proposito, operano nel medesimo senso dei motivi testé indicati e nella medesima direzione, in cui poi opereranno i motivi sociali serialmente più elevati, come il timore puro della pubblica opinione, e i sentimenti morali propriamente detti, i timori religiosi ecc. dei quali non dobbiamo qui menomamente occuparci. Essi sono prodotti e sostenuti da un certo grado di cooperazione e di armonia degl'interessi. Se queste fossero perfette, massimo sarebbe lo sviluppo dei sentimenti sociali e simpatetici, ma l'opera loro coinciderebbe completamente con gli effetti egoistici dei rapporti economici e sociali. Infatti data la perfetta corrispondenza tra l'utilità generale e quella individuale, e supposto ch'essa sia cosciente nell'uomo normale, che, cioè anche secondo la valutazione normale e consapevole, il danno proveniente all'individuo da un qualsiasi, atto socialmente dannoso, superi i vantaggi — ché del caso opposto non occorre qui parlare— l'uomo medio e normale,anco se la pena non ci fosse, si asterrebbe sempre dal danneggiare gli altri, perché danneggerebbe sé stesso. In tal situazione un atto simile compiuto da un individuo adulto,quando la pena non esiste, è già indizio di anomalia psichica, che non permette di valutare normalmente i beni presenti e i mali futuri, e facilmente non permetterà neppure la normale valutazione di quell'altro male futuro che è la pena;e quando questa esistaed ha un certo grado di certezza, è per duplice ragione indizio di anomalia, che resiste, come il fatto stesso del delitto dimostra, all'intimidazione. In tale stato di cose dunque il delitto dev'essere raro e quasi sempre prodotto inferiorità psichica: la pena come intimidatrice, sarebbe un'aberrazione sociale, perché non vi ha quasi nessuno che possa essere intimidito. — Non appena l'opposizione tra l'utilità individuale e quella generale apparisce, le cose mutano. L'atto socialmente dannoso diviene possibile, come già vedemmo, anche all'uomo egoisticamente normale. E diviene possibile anche l'unico caso, in cui l'efficacia intimidativa della pena è pensabile, e ch'è il seguente: l'uomo medio e normale,se la pena non ci fosse, commetterebbe l'atto dannoso, come quello che serve alla soddisfazione di un suo bisogno e gli apporta un certo grado di utilità (piacere), ma questa utilità può essere contrabilanciata o superata (almeno, nei limiti ordinarî d'intensità, in cui il bisogno opera) dal male della punizione, di cui l'intensità dobbiamo calcolare considerando che si tratta di un male futuro e scemandolo di quella quantità che gli sottrae la speranza o probabilità di sfuggirvi (la quale varia con i tipi sociali, con le varie epoche, con la varia potenza sociale degl'individui, ma in una società egalitaria devesi supporre eguale e costante, almeno negl'individui del medesimo gruppo. Introducete ora i sentimenti sociali e simpatetici (e, se vi piace, tutta la massa dei motivi operanti nel medesimo senso) e il risultato dovrà mutare di nuovo, almeno in parte. Infatti l'uomo medio e normale non sarà semplicemente fornito di una certa capacità di valutare le utilità, ma anche di una certa somma e di un certo grado di sentimenti e motivi sociali. Or se realmente questi esistono ed hanno un certo grado di forza, se, cioè, sono capaci di far sacrificare (rinunciare) per la loro soddisfazione una parte delle soddisfazioni più fondamentali, saranno per ciò stesso capaci di elidere una parte del bisogno che spingerebbe l'uomo egoisticamente normale a danneggiare la comunità, o, meglio, tutti i bisogni aventi quel dato grado d'intensità. Allora l'uomo medio e normale,anco se la pena non esista, non sarà capace per un bisogno di una data intensità, di atti così gravemente nocivi come quelli che compirebbe per lo stesso stimolo l'uomo sfornito di quei motivi; e viceversa allo stesso atto di una data gravità il secondo potrà essere spinto da un bisogno meno intenso di quello ch'è necessario per trascinare il primo; e vi saranno perciò anche atti di una certa gravità che quest'ultimo, nei limiti ordinari d'intensità in cui il bisogno opera, non commette mai. Or se così si comporterebbe l'uomo medio e normale, nell'assenza della pena, il comportarsi diversamentequando la pena non esistèè già indizio di inferiorità psichica che facilmente si accompagna all'incapacità di valutare la pena; e il comportarsi diversamentequando la pena esiste, è per duplice ragione indizio di un'anomalia che resiste, come il fatto stesso dimostra, all'intimidazione. Quanto all'uomo normale, egli non potrà essere intimidito che al di là dei limiti in cui i sentimenti sociali operano in lui, e per un certo tratto; oltre il quale la straordinaria intensità del bisogno, sfiderà la pena o qualsiasi pena. I motivi sociali restringono dunque la sfera dell'intimidazione almeno di tanto di quanto scemano la possibilità del delitto.

Così essi rafforzano ed ampliano gli effetti di quella stessa causa sociale che li ha prodotti e che consiste in un certo grado di cooperazione e di armonia degli interessi. Quanto più elevato è questo grado, quanto più una società si avvicina al comunismo perfetto, tanto più il delitto diviene raro ed effetto di un'anomalia psichica, e tantomeno si avverte il bisogno di intimidire e di terrorizzare. E perché ciò avvenga sono sufficienti i puri effetti egoistici della situazione economico–sociale. Ma restano sempre lacune tra la felicità generale e quella individuale, più o meno grandi a seconda che la società si avvicina più o meno a quello stato. Ebbene queste lacune vengono colmate nel modo che abbiamo veduto dai sentimenti e motivi sociali per una parte più o meno grande a seconda della forza maggiore o minore ch'essi hanno acquistato. — Nel fatto è difficile o impossibile distinguere da ciò ch'è il prodotto delle grandi cause (economiche) quel che vi hanno aggiunto tali sentimenti. Il certo si è che il diritto dei villaggi agricoli comunistici è diverso da quello di molte tribù australiane di cacciatori, in cui assai più frequente è l'opposizione tra l'interesse dell'individuo e quello della comunità, ed è quasi opposto a quello delle società capitalistiche. Ivi la pena di morte non esiste, ma solo l'espulsione degl'incorreggibili: le pene esclusivamente intimidatorie, limitate per lo più all'ammonizione ed all'ammenda, concernono solo le infrazioni non gravi, ed anche queste sono rarissime. (Con maggior evidenza ciò apparisce nel campo delle offese private).

Tanto più ci asterremo dall'entrare nelle questioni molteplici che la esemplarità della pena ha suscitato; s'ella sia giusta; se e quale efficacia reale abbia avuto nei vari tipi sociali; a quali aberrazioni dovesse dare ed abbia dato luogo nel corso del tempo; di quali sostituzione ed elisione sia suscettibile nell'avvenire. Imperocché il nostro compito è teoretico ed astratto, non pratico né speciale. Al più che possiamo fare, è d'insistere sui diversi aspetti del delitto, a cui i diversi movventi utilitari della pena potevano a preferenza adattarsi e si sono talvolta adattati realmente. Mentre il primo corrisponde precipuamente a quei modi di condotta rari o straordinari, che hanno il loro fondamento nell'anormalità o non adattabilità della costituzione psichica (che l'uomo comune e primitivo percepisce solo come pericolosità e temibilità) il secondo, l'intimidazione si adatta a preferenza a quei reati che hanno il loro fondamento nella tendenza naturalea superare l'inferiorità temporanea o permanente delle proprie condizioni di esistenza — tendenza che solo in certi limiti i motivi sociali possono elidere nell'uomo normale.

L'intimidazione doveva perciò assumere ed ha assunto enormi proporzioni nelle società capitalistiche, in cui si trova un'intiera classe, continuamente spinta a superare la sua inferiorità economica e sociale, ed un'altra che sente continuamente il bisogno d'infrenarla valendosi della forza sociale che la sua ricchezza le procura.

Ma sarebbe erroneo il credere che nelle società primitive un tal movente della pena sia assolutamente assente, e che in esse si puniscano sempre individui e non mai atti nocivi. Noi abbiamo già veduto in quali condizioni un tal movente apparisca necessariamente. Ed ora veniamo ai fatti. In quelle popolazioni che gli antropologi considerano come le più basse socialmente e che senza dubbio sono tra le più basse, in quelle d'Australia, si punisce l'atto singolo del cacciare e pescare nello spazio destinato alla caccia, o pesca comune; dell'appropriarsi per qualsiasi scopo una parte del territorio comune; del penetrare prima del tempo della raccolta comune nei luoghi ricchi di gomme, commestibili; dell'estirpare prima del tempo propizio certi alberi trapiantabili. Si punisce altresì il singolo atto incestuoso, che, prima di essere rivestito della sanzione religiosa — ce lo dice anche un mito selvaggio — era considerato come socialmente dannoso (per la salute e vigoria del clan).

E per quasi tutti si commina la morte! Or evidentemente tra essi ve n'è qualcuno, come il penetrare prima della raccolta comune, nei luoghi ricchi di gomme commestibili; di cui la punizione è troppo sproporzionata al danno che l'autore può arrecare, anco s'egli è disposto a rinnovarlo. Evidentemente il motivo collettivo che sostiene la pena capitale, in tal caso, è d'impedire che altri ed altri ancora facciano lo stesso e che un'importante risorsa sociale venga a mancare od a scemare gravemente. Non è necessario un libro su i diritti e su le pene, perché siffatte popolazioni sentano un tal bisogno, e tanto più fortemente quanto più sono selvagge e povere.

c) Accennerò rapidamente ad un terzo caso, cioè a quelle offese contro la comunità che non suscitano un timore di futuri danni più forti di ogni aspettativa di vantaggi, ne così grave come nel caso precedente il bisogno d'intimidire. In tal caso la reazione collettiva non può assumere o conservare definitivamente una forma estrema, perché, tra l'altro, l'eliminazione dell'agente riuscirebbe in fin dei conti socialmente dannosa. Or se la prima delle cause da noi indicate (pag. 111) fa sì che un offesa simile si produca con una certa frequenza nel gruppo, sorgerà sempre il bisogno d'impedirne la ripetizione, quantunque i danni di questa non sieno così gravi come nel caso precedente. E giacché la reazione collettiva apporta in ogni caso un male all'autore dell'offesa, deve altresì sorgere l'idea che appunto in vista di un tal male altri si astenga dal rinnovarlo. Così il fenomeno di cui ora parliamo, non differisce dal precedente se non per la minore gravità della pena, che non è l'eliminazione. (Si comprende bene che se la ripetizione di un'offesa per sé stessa non grave è, ovvero diviene per un mutamento delle condizioni di esistenza, gravemente nociva al gruppo, si può passare dalle reazioni e punizioni lievi a quella estrema, come fa sospettare qualcuna delle norme penali che abbiamo incontrato in Australia).

Ma appunto da questa circostanza, vale a dire dal fatto che l'autore non è eliminato, ma rimane nel gruppo, deriva immediatamente una conseguenza che altrimenti sarebbe impossibile.

Se la causa dell'offesa è quella indicata, cioè l'utilità individuale in opposizione a quella generale, anche l'autore è, e dov'essere presunto, capace di ripeterla. Ora l'idea che il male sofferto intimidisca anche lui, e lui soprattutto, è naturale e spontanea nell'uomo giuridicamente primitivo, perché le sue radici si sprofondano nel mondo sottoumano. Così la reazione collettiva, in una forma non estrema, sarà provocata o almeno resa costante e abituale anche dal desiderio d'impedire all'autore di un atto socialmente nocivo di ripeterlo, intimidendolo. Ed ecco il terzo motivo utilitario della pena: l'intimidazione del reo. Essa è ritenuta da alcuni giuristi come il meno efficace ed è senza dubbio il meno esteso dei mezzi che sono stati adoperati contro il delitto. Ma noi non dobbiamo qui occuparci né della giustizia né dell'utilità effettiva delle pene: la sociologia nella sua parte più astratta e teorica dovrebbe rilevare i mezzi adoperati dalla collettività per soddisfare un dato bisogno, anche quando questi mezzi costituissero tante illusioni sociali, altrettanti idoladi Bacone.

Se poi la causa dell'offesa è l'inferiorità psichica temporanea o l'adattamento ancora imperfetto alle abitudini sociali, ch'è quella che opera specificamente nei più giovani o meno esperti il fatto delle punizioni non estreme assumerà un aspetto speciale e tipicamente correttivo, in quanto vi è un'intiera categoria d'individui, quella degli uomini maturi, che ha un interesse costante per opporre all'impulso immediato, (o, ciò ch'è lo stesso, per aggiungere all'idea del danno futuro, insufficientemente apprezzato) il vivo ricordo di un dolore sofferto (castigo). Senonché la tendenza collettiva che ne risulta, e che alcuni hanno considerato come la primissima, originaria forma della funzione penale, dov'essere ostacolata nelle società primitive da parecchie cause, massime dall'esistenza delle famiglie, non appena queste hanno raggiunto un certo grado di autonomia economica sotto i rispettivi capi o regolatori.

Se infine opera l'anomalia o l'inferiorità psichica permanente, questa causa, nota oggi allo scienziato, non può apparire, almeno issofatto, ai compagni del reo; il primo atto ch'essa determina nell'individuo, dev'essere per una inevitabile illusione assimilato a quelli prodotti da una delle due cause precedenti, se già essi han dato origine a norme penali.

Ma intanto se una tal causa esiste, farà sì che l'agente ricada in offese, della stessa o diversa specie, contro la comunità. Or questa ripetizione può, se il timore del rinnovamento dei danni e del loro cumulo nell'avvenire raggiunge un certo grado, dar luogo ad una situazione già esaminata (A a), cioè provocare il bisogno dell'eliminazione. In tal caso la funzione della pena, come inibitrice di futuri attentati del reo mediante l'eliminazione, si pone in intimo rapporto e quasi in continuazione di quella che è o vuol essere semplicemente correttrice; vale a dire di quella ch'è o vien considerata come inibitrice mediante l'intimidazione dell'individuo. Così avviene infatti ordinariamente nei villaggi collettivistici o comunistici. Si cerca correggere l'individuo; lo si elimina (espelle) quando e perché lo si è giudicato incorreggibile

Che anco le punizioni meno gravi a scopo intimidativo esistano nelle società primitive, si vede, chiaramente in Australia. Ivi i compagni dell'orda o della tribù scagliano i loro giavellotti sul reo di lesa comunità, ma in modo ch'egli ne sia più o meno ferito a seconda della gravità dell'offesa. (Grey). Il qual fatto è di un'estrema importanza per noi, perché ci mostra come nell'assoluta indipendenza da ogni potere politico, e nelle più basse tra le società fornite di fenomeni giuridici, possa esistere persino una certa graduatoria della pena. In altre società selvaggie troviamo la bastonatura, la flagellazione, il digiuno con mani e piedi legati, la berlina. In molte comunità di villaggio dove la proprietà mobiliare esiste ed ha un certo grado di sviluppo, troviamo l'ammenda; ed è evidente lo scopo intimidativo delle pene minori, perché il consiglio degli anziani, in cui si è localizzato l'esercizio della giustizia o l'intiera assemblea prima ammonisce, cioè minaccia coloro che infrangono i tradizionali costumi di pubblica utilità, poi li colpisce di ammenda o di altra pena più o meno lieve infine si sbarazza, mercé l'espulsione, di coloro che si son mostrati restii ad ogni intimidazione.

Sorge la questione: le punizioni non estreme furono le prime che si svilupparono dalla tendenza a reagire collettivamente, e ad esso seguirono quelle estreme, da una parte per preservarsi dagl'individui socialmente pericolosi, dall'altra per impedire la propagazione di atti nocivi? ovvero le prime punizioni che si fissarono come tali furono quelle estreme? o infine dal fondo incoerente e variabile delle primitive reazioni collettive si sviluppano, ciascuno per conto suo e per proprie cause, i tre fenomeni da noi descritti? Alla soluzione di un tal problema mancherebbe la prova induttiva nello stato attuale delle conoscenze e daltronde essa non è necessaria al nostro scopo, giacché ciascuno di quei fenomeni non ha le sue condizioni necessarie negli altri, onde i suoi caratteri essenziali possono essere dedotti indipendentemente.

B) Tra gl'individui eguali del gruppo (facendo momentaneamente astrazione dalle famiglie), esiste altresì un sistema di mutue inibizioni prodotte dal timore della reazione altrui e dagl'interessi comuni (e dai sociali); il quale, evita, o, meglio contribuisce ad evitare quelbellum omnium contra omnes, su cui ingenuamente o malignamente fantasticava l'Hobbes. Ma anche questo sistema può essere turbato: un individuo può offendere un altro nei beni biologici o economici o genetici per un motivo, il quale vinca l'abituale inibizione inter–individuale. Or ciò è possibile e deve di quando in quando verificarsi anche per effetto di quel grado maggiore o minore di autonomia economica e genetica, che, come vedemmo, coesiste con la cooperazione e dà luogo ad antagonismi, per quanto momentanei. In tal caso l'indifferenza e il non intervento degli altri membri del gruppo è la tendenza naturale dell'egoismo così negli animali come negli uomini. Ma se vi è collaborazione per fini comuni (siccome abbiamo supposto) esiste altresì un interesse comune per la conservazione dei singoli (e inoltre sorgono o si sviluppano il sentimento sociale e la simpatia): il male di un compagno dev'essere appreso con dolore e con risentimento. Senonché l'effetto che risentimento potrebbe avere contro l'offensore, è eliso in tutto ed in gran parte, dall'interesse (e, come ben vide il Turde, dalla simpatia e dai sentimenti sociali) che ispira l'offensore ch'è anch'egli membro cooperante del gruppo. In altri termini il risentimento, che così facilmente deve propagarsi per l'aggregato sociale allorché tutta la comunità è lesa ed anche quando l'autore di un'offesa privata appartiene ad un gruppo estraneo o nemico, trova nel caso attuale un impedimento in motivi della stessa natura ma contrarî, e si può manifestare anche una tendenza ad intervenire (come fanno gli Australiani o, meglio, alcuni australiani) per calmare gli animi, e per evitare nuovi dolori e nuovi danni. Ciò non ostante:

a) Vi sono casi in cui per la natura e gravità del danno o per reiterate offese fatte dallo stesso individuo, si suscita in ciascuno degli altri l'idea e il timore di un pericolo proprio, più forte di ogni aspettativa di vantaggi che quegli con la sua collaborazione può apportare nell'avvenire (e, secondariamente il timore di un pericolo per altri compagni, cooperanti, e perciò di un indebolimento del proprio gruppo): allora lo sdegno opera senza il contrappeso testé indicato, ma simultaneamente opera anche il bisogno utilitario e razionale di preservarsi (e di preservare) dal pericolo, cioè d'impedire i danni temuti. Per tali casi, e per essi almeno, vi sarà reazione collettiva e questa diverrà un'abitudine sociale costante, socialmente riconosciuta come utile, in quanto impedisce futuri attentati del reo(E. Ferri). Si avranno tutte le conseguenze dell'analogo caso già descritto (Aa.), sebbene ivi il pericolo non concernesse immediatamente l'individuo, ma la comunità e perciò l'individuo. E si formeranno anche qui le norme corrispondenti. Tal'è, per es., quella vigente nelle comunità di villaggio di espellere i rei, recidivi e incorreggibili, contro le persone od i beni. Tale è in alcune popolazioni la punizione dell'avvelenamento. Tal'è pure la norma, così diffusa tra i selvaggi, di uccidere chi cagiona ad altri la morte per stregoneria, perché un tal fatto, vero o supposto, suscita in tutti la paura

b) Se una medesima specie di grave offesa privata si presenta nel gruppo con un grado di frequenza sufficiente a suscitare in ciascuno un'apprensione od un allarme analogo a quello che provocano i ripetuti attentati di un medesimo individuo, il gruppo stesso o la gran maggioranza tenderà ad intervenire con lo scopo dell'intimidazione. Perciò molti clan australiani puniscono di morte parecchie sorta di offese private. Non addurrò ad esempio l'omicidio, di cui la punizione può implicare più di un motivo; né del ratto di una donna ad un proprio compagno, ché anche questo atto può suscitare simultaneamente il bisogno di preservarsi dal reo; ma la morte comminata all'adultera non autorizzata dal marito, evidentemente non può spiegarsi se non col bisogno dell'intimidazione, perché non si può scorgere un pericolo proprio nei favori concessi dalla donna altrui, ma ciascuno può desiderare d'intimidire la donna propria.

Si comprende come questo altro movente utilitario della pena possa coesistere col primo e magari assorbirlo; ed è inutile ripetere intorno ad esso quanto già abbiamo detto per l'analogo caso (Ab.) concernente le offese fatte alla comunità. Si comprende altresì ch'esso doveva acquistare ed acquistò un peso enorme nelle società individualistiche e capitalistiche, dove i membri di un'intiera classe sentono il bisogno d'intimidire gl'individui appartenenti alla classe soggetta, per distoglierli da ogni offesa contro la proprietà individuale e le persone. Ivi la pena di morte assunse una quantità di forme diverse, tra cui l'arrostire un uomo e il tagliarlo vivo in molti pezzi, forse non sono le più crudeli.

c) Accennerò rapidamente al caso di offese private che non provocano così fortemente l'idea di un pericolo proprio o il bisogno d'intimidire, da rendere desiderabile agli altri membri del gruppo l'eliminazione del reo. Molto più difficile è in tal caso l'intervento del gruppo. Ma noi abbiamo già accennato ad uno dei modi in cui tal intervento può stabilirsi, ed esso basta al nostro scopo che al certo non è di dedurre tutte le forme del fenomeno giuridico. L'esperienza delle conseguenze delle vendette individuali delle risse, spinge i membri della primitiva società comunistica ad intervenire per evitare che la vendetta trascenda certi limiti o dia luogo ad una contro–vendetta, insomma per regolarizzarla. Questa vendetta individuale, che avviene davanti all'orda od al clan ed è regolarizzata dall'intero gruppo, onde acquista carattere di pena sociale, trovasi infatti in Australia. Ma l'intervento sociale può avvenire anche per altra via, se le offese non gravi presentano un certo grado di frequenza nell'individuo o nel gruppo.

Or qualunque ne sia l'origine, e può essere molteplice, non v'ha dubbio ch'esso sarà fissato e sostenuto dalla idea che la vendetta socialmente regolarizzata, e magari socialmente compiuta, serva all'intimidazione (del reo e degli altri). Allorché poi in certe tribù selvaggie (per esempio del Nord America) sorgono associazioni (non aventi alcun carattere politico) che si prendono cura di bastonare i cattivi soggetti, lo scopo è troppo evidente.

B') Abbiamo fatto astrazione, nel caso di offese private, dalle famiglie, che pur in concreto, tra le società note, esistono dovunque trovisi il diritto, tranne qualche dubbia eccezione. Così abbiamo posto in rilievo dalle tendenze che non possiamo non trovar realizzate anche nei gruppi composti di famiglie, sostituendo la famiglia all'individuo. Senonché, posto che i gruppi familiari abbiano acquistato un certo grado di autonomia economica, si deve verificar un altro fenomeno che non abbiamo ancora contemplato.

Le offese fatto ad un individuo saranno in ogni caso, inevitabilmente, senza contrappeso od elisione, risentite dagli altri membri della sua famiglia che sono a lui legati dall'interesse (o da sentimenti sociali) assai più che all'offensore. La famiglia dell'offeso tende dunque a reagire indipendentemente dal gruppo sociale, cioè anche quando esso rimanga indifferente o neutrale. Si ha lavendetta familiare. Questa non è un fatto sociale nel senso stretto, tanto meno giuridico. Il suo effetto naturale è anzi di provocare la contro–vendetta e così indefinitamente.

Ma nei casi indicati (Ba e Bb) cioè quando si tratti d'individui o di offese che per la loro condotta o per la loro frequenza suscitano in ciascuna delle altre famiglie il timore di un pericolo, avremo non una, ma due forze concorrenti, il cui effetto sarà irresistibile, perché da una parte la famiglia dell'offeso tende a vendicarsi, dall'altra tutto il gruppo tende a reagire per eliminare o per intimidire, e quindi presterà man forte alla famiglia vendicatrice. Può, per una causa qualsiasi, e specialmente per risparmio di sforzi, sorgere l'abitudine che solo la famiglia dell'offeso si muova, ma il gruppo intiero impedirà in ogni caso che la famiglia dell'offensore reagisca offendendo di nuovo; onde la vendetta familiare sarà ad ogni modo garantita socialmente a scopo di eliminazione o d'intimidazione.

Negli altri casi e quando il gruppo non intervenga, vi sarà una serie di vendette e di contro–vendette, ch'è dannosa, perché porta una distruzione di famiglie e scema la potenza del gruppo. Or l'esperienza, molto semplice, di questo danno basterebbe a far sorgere a lungo andare nelle famiglie il bisogno d'intervenire, perché resti impedito ai parenti dell'offensore di reagire offendendo nuovamente; quand'anche non si suscitasse nelle medesime l'idea di un pericolo proprio e il risentimento simpatetico contro chi ha prima e più volte offeso.

In tutti i casi dunque la contro–vendetta sarà proibita, quindi resterà socialmente garantita la vendetta familiare e con essa l'esercizio delle facoltà dalla violazione di cui è provocata. Egli è appunto per effetto di questo naturale procedimento che in molte società, dove ad un osservatore superficiale l'abitudine della vendetta del sangue apparisce come un fatto inter–familiare, costituisce invece un fatto sociale e giuridico. Così l'Ellis acutamente notava nelle isole del Pacifico che la famiglia dell'offensore, anche se più forte di quella dell'offeso, non reagiva alla devastazione ed al saccheggio, ma restava come paralizzata, perché tutte le altre famiglie del villaggio all'occorrenza avrebbero prestato man forte alla vendicatrice. In Africa poi, ovunque perduri la giustizia democratica, ogni questione concernente la vendetta familiare, può essere portata davanti allaPalabra; il che vuol dire che l'intiero villaggio garantisce la vendetta stessa.

Se la cooperazione ed il contatto delle famiglie scemano, un tal modo di impedire le gravi offese private (vendetta familiare socialmente garantita) implicando una somma minore di sforzi, necessariamente vincerà l'altro che consiste nella punizione sociale. Allora il disprezzo o addirittura la reazione collettiva (espulsione) contro chi omette di vendicare i proprî parenti completa il sistema, rendendo la vendetta obbligatoria. Il risultato (inibitorio) sarà quasi perfettamente equivalente a quello dell'altro sistema. Viceversa non è impossibile che aumentando la cooperazione e la solidarietà del gruppo si passi o si ritorni dal secondo sistema al primo, come può far sospettare una formalità nell'esecuzione della condanna dell'omicida in certi clans australiani. E si comprende altresì come i due sistemi possano coesistere; se vi sono offese private di cui la repressione sia dal gruppo considerata d'interesse generale, cioè offese che sogliono provocare in tutte le famiglie il timore e l'allarme.

È poi evidente che dove l'autonomia e la dissociazione economica delle famiglie giunge al suo massimo e nessun altro motivo di cooperazione (come la mutua protezione, la difesa sociale ecc.), sopraggiunga efficacemente, la vendetta tende a divenire o ridivenire un fatto puramente privato e a dar luogo ad una lotta continua di sterminio, come in tante popolazioni è stato osservato. Laonde possiamo dire che la punizione delle gravi offese private nelle società primitive varia tra due limiti estremi, in cui la vendetta come istituzione giuridica più non esiste, perché nell'uno è sostituita dalla vendetta sociale, nell'altro ha perduto il carattere giuridico.

Tutte queste considerazioni (A, B, B') non solamente mostrano come possano sorgere fenomeni penali per motivi e cause affatto indipendenti da quelle che nella nostra serie vengono dopo, ma servono in realtà a spiegare gran parte del fenomenismo penale nelle società giuridicamente primitive; vale a dire si trovano in queste effettivamente verificate. Ma nella nostra rapida corsa ci sono apparsi simultaneamente anche i due moventi utilitari della pena, costanti e comuni a tutte le società e a tutti i tempi insino ad oggi. Essi si sono aggiunti al primitivo bisogno di soddisfare il risentimento e la vendetta, il quale ha per suo oggetto e termine immediato il dolore del reo, ed è variabile e, di fronte allo sviluppo dei sentimenti sociali e poi all'aumento e differenziazione sociale, caduco. Sebbene questo bisogno primitivo, così per effetto dell'associazione psichica tra il dolore prodotto e quello subito dal reo, come per il sopraggiungere e complicarsi di concetti religiosi (vendetta divina) e metafisici (libero arbitrio) abbia dato luogo ad un'idea della pena che non è utilitaria né scientifica, a quella diespiazione; i due grandi moventi utilitari sono sempre rimasti come fini della pena, quantunque per lunga pezza complicati più o meno con quella idea e più o meno oscurati nella coscienza. Alla deduzione progressiva essi si ripresentano nella primitiva indipendenza da ogni complicazione e nella semplicità e trasparenza che dovevano avere prima che il potere politico li avvolgesse nei suoi fini, la religione nei suoi concetti mistici, la metafisica nelle sue astrazioni.

I procedimenti che abbiamo descritto bastano evidentemente a far sorgere anche la prima idea del dovere giuridico e del diritto. E nelle società perfettamente egalitarie inevitabilmente (per le cause e nei modi di cui ho parlato e nei miei corsi e in qualche libro) all'idea di facoltà e di beni garantiti dalla forza collettiva o sociale si associa l'opera della facoltà simpatetica o l'esigenza della conservazione sociale od entrambe per costituire il concetto di undiritto ch'è anche giusto: un concetto che si offusca, almeno in gran parte, al sorgere del privilegio economico, donde il bisogno di giustificazioni religiose o ideologiche del diritto reale.

C) In tutti i casi esposti non apparisce altro mezzo per garantire socialmente facoltà e beni così del gruppo come degl'individui, che l'impedimento posto alla violazione o lesione loro mercé la pena. Essendo poco o nulla sviluppata la proprietà mobile individuale, non vi ha quasi nessuna specie di danni che possa essere semplicemente e completamente risarcita, e dall'altra parte rarissimi sono i casi in cui facoltà e beni violate o lesi possono essere completamentere integrati. Laonde più tardivo dev'essere lo sviluppo e il differenziamento della cosidetta sanzione civile.

Ebbene noi potremmo continuare a mostrare come possa nascere, indipendentemente da qualsiasi fenomeno sociale umano più elevato, anche il rudimento di questa sanzione, ch'è anch'essa un fenomeno d'inibizione sociale, anzi trova la sua ultima ratio in un'inibizione dei movimenti muscolari . Tal rudimento trovasi già in alcune società selvaggie; per esempio là dove l'individuo è obbligato dall'intiero gruppo a restituire l'oggetto rubato o preso in prestito; o dove ogni membro della comunità può reclamare contro l'insufficienza della parte toccatagli nella divisione del territorio o di altri beni; ecc.

D) Il diritto che nasce nei modi sinora descritti, è collettivistico o almeno egalitario. Le facoltà e i beni che restano assicurati dalla forza dell'intiero gruppo sono collettivi, ovvero sono facoltà e beni assicurati egualmente a tutti i membri del gruppo (vita, integrità corporea, donne, prodotti del lavoro, ecc.). L'esistenza di questo diritto egalitario e primitivo è un dato di fatto che smentisce coloro i quali vorrebbero far sorgere il diritto solo nel capitalismo e per il capitalismo. Or si potrebbe continuare e mostrare come, indipendentemente da ogni fenomeno sociale più elevato, possa nascere in una società primitiva il primo rudimento del privilegio ossia del sopra diritto, fondato però su differenze naturali (di sesso, età, forza, abilità), qual esiste nel fatto in alcuni clan australiani, dove i più adulti e robusti escludono i più giovani dal possesso delle donne e dalla carne di certi animali.

Ma non v'è alcun bisogno di continuare. Infatti i casi o frammenti da noi esposti e chiariti presentano già il carattere del fatto giuridico. Or al nostro scopo ed alla nostra tesi bastava mostrare l'indipendente formazione di unminimumdi questa classe di fenomeni, sia pur limitato alla sola funzione penale.

Nel trattare di questa non ci siamo molto discostati da quanto vi è di vero nelle principali scuole che l'hanno studiata con criteri non metafisici, come quella del Beccaria e quella, propriamente detta positiva, di E. Ferri (Garofalo, Puglia, ecc.) fondata su le ricerche del Lombroso, e quella, ch'è una recisa applicazione del materialismo storico, del Vaccaro. Solo abbiamo cercato di ricondurre il fatto giuridico in genere alla sua vera categoria bio–psicologica, ch'è l'inibizione; e, giacché l'inibizione collettiva o sociale poteva esercitarsi in più modi, o far uso di più mezzi, abbiamo altresì cercato di schivare l'unilateralità. Ma sopratutto abbiamo mirato, lo ripetiamo, a mostrare come almeno, nel suo grado minimo, tal classe di fenomeni possa sorgere ed esistere indipendentemente dallo Stato, dalla Religione, da qualsiasi fenomeno sociale umano che nella nostra serie vien dopo; vale a dire abbiamo cercato di stabilire a priori la terza verità della Sociologia umana.

La prova induttiva generica di questa indipendenza del fenomeno giuridico da qualsiasi altro fenomeno sociale che nella nostra serie è collocato dopo di esso, dobbiamo cercarla naturalmente nei primi gradi di composizione sociale, non certo nelle grandi monarchie, o republiche e neppure nelle antiche polische sono già organismi politici.

Cominceremo dal fenomeno ch'è, secondo noi, più vicino: da quello guerresco e militare. Nel corso dell'evoluzione necessariamente il diritto dovè strettamente intrecciarsi con la difesa sociale e con le attività politiche, e in certe speciali condizioni produsse l'immane mostro dello Stato dispotico, il Leviathan dell'Hobbes. Ma è compito della scienza sociale sceverare i tre grandi elementi e cercare di cogliere quello che è primo è più fondamentale: solo così potrà comprendere il loro intreccio e spiegare come mai il potere politico possa riuscire talvolta a subordinare in certa guisa il diritto, che è prima di lui. — Ebbene nelle orde di cacciatori, nei clan e nelle più semplici tribù di agricoltori e di pastori, la guerra è accidentale, spesso parziale, cioè non riguardante l'intero gruppo e perciò equivalente ad una semplice lotta collettiva, sempre disordinata e indisciplinata; laddove il diritto ha raggiunto quel grado di consistenza, di precisione che presenta persino in molte società australiane dove si punisce il furto, l'omicidio, l'adulterio, l'incesto e si distingue furto da furto, omicidio da omicidio, e si hanno prescrizioni di utilità pubblica e minuziose regole concernenti la caccia. Per lo più, corpo giudicante è la totalità degli uomini adulti: questi sono perciò abitualmente ed ordinariamente persone giuridiche e giudici, solo accidentalmente guerrieri. Ma anche là dov'esiste un vero Consiglio di anziani, i guerrieri continuano ad essere indistinti dai produttori; non vi è nulla che rassomigli all'esercito; e il capo militare è scelto volta per volta e perde immediatamente dopo la guerra ogni autorità. Tutto ciò mostra soltanto che lo sviluppo del diritto è più precoce di quello della guerra. Ma vi sono società assolutamente pacifiche, in cui cioè il fenomeno guerresco non esiste affatto, eppure le idee giuridiche sono molto sviluppate e precise, e l'attività giudiziaria è spesso localizzata nell'insieme degli anziani o in una specie di giurì, talvolta persino in una persona eminente, che definisce regolarmente tutte le vertenze e decide tutte le liti. Ricorderò a tal proposito, come più noti, i Lepchas, i Dhimals, i Bodo dell'India, gli Alfuroux delle coste di Ceram, Burù, Mihahasa, i Jakun di Sumatra. Dal che si inferisce rigorosamente che il diritto può esistere e l'attività giudiziaria può persino localizzarsi, nell'assoluta assenza dell'attività militare.

Veniamo al fenomeno politico. Troppo diffuso è l'errore, onde si vede nel potere politico la causa e il fondamento del fatto giuridico. Persino l'Hobbes e l'Austin, due filosofi positivisti o almeno sperimentalisti, vi caddero, ponendo a base del diritto la volontà del legislatore, sia questo una persona(Hobbes) o un collegio di persone. Ma nel fatto il diritto consuetudinario precedette ogni legge: anco i re assoluti a principio dovettero piegare il capo davanti al costume economico e genetico: e il collegio di persone si limitava, come nei villaggi dell'India, a desporre ciò che si era sempre fatto. Persino la giurisprudenza, che pur precede la legge giuridica propria, non è primitiva e non esiste per un lunghissimo periodo, mentre regna come norma suprema il costume. — Tutto ciò è stato pienamente dimostrato da S. Maine per le società ariane. Chi conosce anche le società negre, americane, polinesi, sa che lo stesso rapporto di successione si è verificato dapertutto: il diritto ha preceduto la legislazione.

D'altronde tra questa, ch'è parte essenziale dell'attività politica, e il fenomeno giuridico il rapporto di mezzo a fine è così evidente che neppure la prova induttiva sarebbe stata necessaria. Ma la legislazione non esaurisce tutta l'attività politica. Questa mira anche a regolare l'economia e (dov'esista e finché esista) la guerra. In che relazione trovavasi e trovasi tal funzione col diritto, in società più semplici che non sieno quelle storiche? Diciamo subito che in tali società la funzione principale delle assemblee popolari e dei Consigli di anziani è giuridica, non politica: consiste nel definire le vertenze, nel punire i colpevoli massime contro l'interesse pubblico, nel distribuire i prodotti della caccia od i pascoli o il terreno coltivabile. Anche i Capi, dov'esistono, sono moderatori più che direttori. La funzione precipua dei pangulio capi delsuku(genti) della Malesia era quella digiudice(Waitz. VI. 139 e seg.). Né diversa era, secondo il Giddings quella dei sachemo capi dei clan, tra gl'Indiani di America, e ben a ragione questo sociologo chiama il clan un organismo giuridico. Non basta. Mentre i fenomeni inibitori sono giunti a quel grado di precisione che abbiamo veduto persino in orde australiane, e meritano senza dubbio il nome di giuridici; quelli regolativi mancano non solamente della legge giuridica, ma di qualsiasi altra specie di legge; norma è sempre la consuetudine anche per la produzione e la guerra; e tutto si riduce ad una specie di amministrazione e a decidere volta per volta se si devono porre o levare le tende, in qual giorno si debba fare una spedizione di caccia o dar principio alla seminagione o alla raccolta e, tutt'al più, se sia il caso di fare la guerra ad altro clan o ad altra tribù. Noi possiamo inferirne che il fenomeno giuridico si sviluppa assai più precocemente di quello politico. Inoltre se consideriamo in qual modo si compia la funzione del diritto in coteste popolazioni, per es. in Australia, vediamo subito ch'essa non dipende menomamente dalle decisioni del clan o dell'orda o degli anziani intorno a la caccia o la guerra o la levata del campo. Ma la prova decisiva ci viene da ciò che vi sono società che nulla hanno da regolare, che "non hanno capi e non ne vogliono, e in cui ciascuno si sente un re" come i Kraal del Korassan; eppure hanno un giudice per definire le contese, e lo pagano per questo, salvo il sostituirlo con altri, se non fa il suo dovere. Gli stessi popoli pacifici testé menzionati ci forniscono altrettanti esempî luminosi; perché essi non riconoscono alcun potere politico e le loro assemblee o i loro arbitri non hanno altro ufficio che giudiziario. Persino i cosiddetti Capi, tra i Jakun, non fanno altro (e non vi è bisogno che facciano altro) che decidere le rare vertenze che insorgono tra questi uomini "inoffensivi, pacifici, amabili, quanto fieri della loro indipendenza e gelosi dei loro diritti": non sono Capi politici, sono giudici. Dal che s'inferisce che il diritto può esistere nell'assoluta indipendenza dal fenomeno politico.

E così dal fatto morale, che immediatamente e direttamente lo segue.

Quei che dicono che il diritto dovrebbe fondarsi su la morale, affermano cosa giustissima, mail dover esserenon è oggetto della scienza teoretica, di cui ora trattiamo, bensì di quella pratica. Ed anche quei che sostengono il diritto essere effettivamente fondato su la morale, hanno la lor parte di ragione, se si riferiscono alla reazione che ben presto l'una esercita sull'altro. Ma forse essi non intendono per fatto morale quel che intendiamo noi e non definiscono sociologicamente né l'una né l'altro. Torniamo al nostro argomento. Circa i fatti morali il sociologo deve considerare non solo le norme sociali e le qualità onde gl'individui le percepiscono e vi si conformano, ma anche la struttura sociale (istituzioni morali) che vi corrisponde. Quanto al secondo punto, è evidente che nelle società primitive non v'ha ombra di siffatte istituzioni. Un qualche potere morale appare per la prima volta solo come un'appendice del potere politico o di quello religioso. Ma noi abbiamo dimostrato che il fatto giuridico può sorgere ed esistere indipendentemente da ogni potere politico, dunquea fortioriesso può sorgere ed esistere senza quella funzione morale che il potere stesso si assume più tardi, quando accorda distinzioni o infligge pene morali o fonda istituzioni educative. (Lo stesso vedremo or ora per la Religione.)

Circa il primo punto mi limito ad un fatto solo. Nel condannare anco alla massima pena, dice il Lubbock, le società primitive non tengono alcun conto dell'"intenzione" né delle disposizioni "volontarie" dell'individuo! L'insigne sociologo nota giustamente che questa condizione perdura qua e là anche sotto il potere politico. Si commina la morte per l'assassinio come per l'omicidio involontario e casuale! In Africa, avverte il Waitz, si punisce (o meglio si risarcisce) con la schiavitù di una intiera numerosa famiglia anche l'uccisioneinvolontariadi una bestia! Come volete dunque trovare la base primitiva e il presupposto generale e costante dei fenomeni giuridici nel fatto morale?

In tanto errore non possono cadere se non quelli che o confondono i fatti morali con le abitudini sociali, facendosi ingannare persino dalle parole (Morale damos, Etica da [ethos); ovvero guardano al contrario ad uno stadio molto inoltrato, in cui certi atti, non ancora giuridicamente inibiti, sono prima disapprovati dalla coscienza morale e poi cadono sotto l'inibizione giuridica. Ma la teoria sociologica e dell'una e dell'altra deve riconoscere che le abitudini sociali non sono altro che lo stato amorfo, onde si sviluppano tutt'e due i fenomeni, di cui primo e più urgente e più fondamentale è il diritto, il quale dà all'altro persino la sua forma di costringimento(dovere); e che in origine e ordinariamente sono le variazioni del diritto quelle che modificano e trasformano la pubblica opinione e la coscienza morale, non viceversa. Basta che la società passi dal diritto comunistico a quello individualistico, e dal diritto egalitario al privilegio economico, e da una forma di privilegio all'altra, perché le norme, gli abiti morali, il concetto della virtù, quasi tutto si trasformi. Ciò diviene visibile e, direi quasi, palpabile nel caso del privilegio. La morale servileè evidentemente un mezzo per la conservazione dei diritti del padrone di schiavi, del signore feudale, del capitalista; non viceversa (Turati). Il sopra–diritto è la causa delle idee morali che tendono a giustificarlo; non viceversa. Chi inverte i due termini, come fa un nostro economista, s'imbatte in conseguenze assurde. È assurdo infatti il pensare che sono i dettami della coscienza morale, esistenti al tempo dell'eguaglianza, ciò che spinge i privilegiati a fare del debitore uno schiavo, o del fittuario e del coltivatore libero un servo della gleba; che il formare negli schiavi e nei servi l'abito morale di rispettare il privilegio, sia per quelli più urgente che l'assicurarsi l'ordine con la forza dei loro armati; che nei soggetti il dovere morale di obbedire ai padroni sia più forte del timore di essere impiccati. Ma con ciò abbiamo già trasceso il compito che ci eravamo proposto.

Veniamo alla Religione. Il Lubbock ritiene che la magia e le primissime forme del culto degli spiriti, le quali si confondono con le pratiche magiche, non meritino il nome di religione. Così la prova induttiva dell'indipendenza originaria del diritto sarebbe già data, perché in tutte le società primitive, che siano fornite di attività giuridica, non esistono altre credenze ed altre pratiche che quelle magico–spiritiche. Ma noi non sentiamo la necessità di ricorrere a questo argomento. E ricordiamo pria di tutto che vi sono popolazioni (in Australia e altrove) in cui la norma suprema del diritto, che per esso è il costume, non è ancora sacra; non è concepita come voluta dagli spiriti degli antenati, ma soltanto come utile, anche in vista della sua antichità. E quando costoro dicono che se abbandonassero il costume degli antenati, perirebbero, evidentemente alludono alla sua utilità, provata per loro anche dal fatto che tutti i loro antenati lo seguirono. Dunque la norma giuridica può esistere ed esiste indipendentemente dalla religione. Se in tipi sociali più complessi e specialmente nelle polis antichissime troviamo un fatto simile ai temisti della Grecia, od anche leggi scritte, conservate dai sacerdoti e considerate come divine, è facile scorgere che in esse non trovasi altro che antichi costumi o antiche decisioni, a cui si è aggiunta la divinizzazione come il mezzo al fine, il conseguente all'antecedente. Non solamente la norma è in origine indipendente, ma anche la struttura giudiziaria, i giudici. Non giudicano gli stregoni o i maghi, ma l'assemblea degli adulti. Solo in qualche tipo sociale più complesso e in particolari circostanze il giudizio è affidato ai sacerdoti. — Dicasi lo stesso della procedura. In Australia per lo più questa si compie senza alcun aiuto magico. E così in Africa, quando la prova è sufficiente. L'interrogazione del cadavere, le ordalie, il giuramento si aggiungono come mezzi efficaci per meglio conseguire il fine della giustizia; e, in Africa, anche quello di colpire o di provocare confessioni con forme legali (Waitz).

Molto più breve sarò relativamente all'Arte. Nelle popolazioni socialmente più basse ed anco nell'epoche meno recenti della storia solo la letteratura, tra le arti belle, ha avuto relazione col diritto. Ma se le leggi di Solone erano in versi elegiaci, e i versetti sanscriti contengono anche prescrizioni giuridiche, e alcune delle più antiche leggi irlandesi (del Senchus Mor) ebbero l'orma poetica, chi non vede che si tratta semplicemente di un servigio reso dall'arte al diritto, il quale esisteva prima e indipendentemente da essa? Ed è notevole che questo servigio per lo più si compie per l'intermediario di quell'altra attività e di quell'altra struttura sociale che nella nostra serie sta immediatamente prima dell'arte, cioè della religione e dei sacerdoti: quegli stessi che contribuiscono alla divinizzazione delle norme, compongono versi per meglio conservarle e per accrescerne il prestigio. — La letteratura serve anche in altri modi al diritto; come nelle canzoni satiriche degli esquimesi, e nelle orazioni dei parlatori delle palabre africane e poi degli avvocati veri e proprî. Ma, per quanto belle, nessuno le ha mai considerate come la base, o una delle basi del diritto: non ci mancava altro! — Quanto alle arti rimanenti, esse si trovano in uno stato affatto rudimentale, quando e dove il diritto è già sviluppato: sono canti grossolani, rulli di tamburo, informi disegni e sculture raffiguranti appena la specie, non mai l'individuo; che nulla han da fare con l'attività giuridica e non si prestano neppure allo scopo di fissarla o di rafforzarla o di agevolarne l'esercizio.

Della scienza poi tacerò addirittura, perché in quelle società non esiste. È noto che un minimum di scienza (e non certo di quella giuridica o sociale) appare solo in società dove non che il diritto, ma la vita politica e religiosa han già un considerevole vigore. Che poi la scienza, una volta sorta e sviluppata, divenga per le società umane l'attività più utile, indispensabile ai progressi sociali, non esclusi quelli giuridici, nulla toglie al fatto che il diritto sorge e, sino ad un certo grado, esiste prima di essa e indipendentemente da essa.

La prova generica è completa. Veniamo a quella specifica.

Se son veri i rapporti indicati; se cioè il diritto dipende causalmente dai fenomeni economici (sotto il rapporto condizionale e teleologico) e da quelli genetici (almeno sotto l'aspetto teleologico), e può esistere indipendentemente da qualsiasi altro fatto sociale, umano: alle variazioni economiche e genetiche debbono seguire e corrispondere variazioni del diritto; viceversa, le prime e più profonde variazioni del fenomeno giuridico (anzi tutte quante, finché non si siano sviluppate altre attività sociali umane) debbono essere spiegabili esclusivamente mercé variazioni economiche e genetiche.

Cominciamo dalle variazioni economiche, facendo astrazione dai fatti genetici che pur in concreto si trovano dovunque il diritto esista.

La struttura giuridica si muta col modificarsi dei rapporti economici. È noto infatti che, dove non esiste differenza di ricchezza (siccome avviene nella massima parte delle orde di cacciatori, nei clan agricoli comunistici o collettivistici, tra i pastori primitivi ed eguali), l'attività giudiziaria è esercitata dall'insieme degli adulti e robusti o, col loro consenso, dai più vecchi ed esperti. È la giustizia democratica, che, come ha ampiamente mostrato il Letourneau, precede la giustizia dispotica. Tutti sanno altresì che, quando notevoli differenze economiche si sono prodotte, l'attività giudiziaria si localizza a preferenza nei più ricchi.

È ovvio infine che quando la differenziazione, sia naturalmente o mercé la violenza, è giunta al privilegio economico, tutta quanta la classe soggetta resta esclusa intieramente dall'esercizio della giustizia: schiavi, servi, ostaggi, corveabili e, di fatto, anche i salariati.

I motivi stessi della giustizia e più propriamente di quella penale variano con le forme economiche. Nel comunismo e nel collettivismo non può preponderare l'intenzione dolorifica della pena e per la minor frequenza dei delitti, ch'è un effetto della maggiore armonia degl'interessi, e per il più grande sviluppo dei sentimenti altruistici: in alcuni clan si giunge persino a lasciare addirittura impunito l'omicida che abbandonato a se stesso, disprezzato dai suoi amici e parenti stessi, ha modo di fare l'esperienza di cui parla Carlo Darwin circa la violazione dei suoi sentimenti sociali.

Prepondera invece sull'intimidazione il bisogno della preservazione sociale dalla persona del reo; d'onde l'espulsione sostituita così spesso alla pena di morte. Nell'individualismo economico, al contrario, non appena sorta la differenza tra ricchi e poveri e massime là dov'esistono le classi economiche e il privilegio, prevale il bisogno dell'esempio e dell'intimidazione.

Ma ciò che riflette perfettamente ogni variazione dell'economia, è il contenutodel diritto. Le prime e le più gravi variazioni dei fenomeni economici, le quali avvengono per le variazioni delle cause più profonde, quali il territorio e la popolazione, e si svolgono senza contradire al diritto che per avventura esista, o cercano conciliarsi, almeno apparentemente, con esso, o violentemente lo infrangono, producono necessariamente variazioni delle norme giuridiche, e queste si stabiliscono indipendentemente da ogni fenomeno sociale più complesso, persino dalla Legge.

Infatti abbiamo veduto che la legge non esiste a principio. Anco quando apparisce per la prima volta in tipi sociali abbastanza complessi, non implica alcuna modificazione del diritto, come ha giustamente osservato S. Maine: "legiferare non vuol dire innovare nel diritto stabilito: persino nelle costituzioni di Solone, nelle XII Tavole, nelle leggi di Alfredo, in quella salica ristrettissimo è il numero e delle disposizioni nuove".

E veramente non certo in forza di una legge né per effetto del potere politico, tanto meno di altro fenomeno sociale più complesso, sorse ed acquistò importanza la proprietà mobiliare (pelli, strumenti, suppellettili, tessuti, animali domestici ecc.): or bastò questo, perché il Diritto la sancisse; perché il furto, tollerato dapprima o tenuto per uno scherzo o richiedente soltanto la restituzione, provocasse le pene più terribili; perché alla vendetta implacabile dell'omicidio succedessero le composizioni e "gli affetti domestici si calmassero davanti al compenso pecuniario". — Non certo per virtù di una legge o di un politico accordo, ma per la utilità e necessità di cooperare e di distribuire egualmente i prodotti del lavoro od anche il terreno coltivabile tra gl'individui o tra le famiglie eguali, si formarono in ciascun'orda di cacciatori o in ciascun gruppo di agricoltori primitivi determinate relazioni economiche, che poi furono sancite, e diedero luogo al diritto comunistico o collettivistico, qual è esistito, in innumere società sfornite di legislazione e di un vero potere politico. Non certo per effetto di fenomeni diversi da quelli economici e genetici, nel seno della comunità agricola con allottamento del terreno si svilupparono i diritti di proprietà privata della terra; ma, come han dimostrato il Laveley, S. Maine, von Maurer, dal duplice fatto economico: 1° che ogni famiglia, poteva senza disturbare e senza essere disturbata coltivare un pezzo della foresta o della terra libera, che i suoi discendenti nello stesso modo, e se lor tornava comodo, continuavano a tenere e coltivare, finché per l'aumento della popolazione i possessori di simili fondi non sentirono il bisogno di garantirsene socialmente il possesso; 2° che con l'aumento della popolazione e col bisogno della coltura intensiva, lo stesso allottamento della marca arabile divenne sempre più raro e finì col cadere in disuso. — Non fu effetto della legge né del potere politico neppure quella forma minima della schiavitù, che si verificò, anco nell'assenza di ogni proprietà fondiaria (cioè nella coltura autonoma di particelle della foresta o della terra libera), in tanti villaggi africani, mercé la semplice caccia all'uomo: solo quando essa si diffuse, poté riuscire utile ai cacciatori di uomini che la forza collettiva assicurasse a ciascuno il possesso dei proprî schiavi. Infine non furono effetto di altri fenomeni sociali più complessi gl'inizi della servitù mercé il prestito del bestiame o del danaro o la cessione di un pezzo di terra; né il salariato semplice ed incipiente nelle prime forme individualistiche, o, meglio, familiari, ma egalitarie della coltura. Tutt'al più, queste trasformazioni presuppongono un anteriore diritto (ogni variazione giuridica lo suppone) e propriamente quello di proprietà fondiaria e mobiliare. Ma che neppur questo sia assolutamente indispensabile ed efficiente in alcune trasformazioni allo stato minimo, si vede nel caso del salariato semplice ed incipiente da ciò, ch'essendo assai poco numerosi e dispersi i nullatenenti o i proprietarî di lotti insufficienti o gl'individui privi del capitale necessario alla coltura, insomma quelli ch'eran costretti a cedere temporaneamente la loro forza di lavoro, bastava la sola inibizione inter–individuale e le loro necessità economiche, perché essi rispettassero la proprietà altrui e subissero le conseguenze dell'accordo economico, vale a dire si accontentassero di una parte del prodotto del loro lavoro. Lo strozzinaggio, di cui parla Carlo Marx si sarebbe potuto compiere allora, anche senza l'intervento di forza sociale e di giudici. (Ben diversamente vanno le cose quando in una fase affatto diversa dello sviluppo economico, successiva alla servitù, i salariati divengono assai più numerosi dei proprietarî e poi si vanno riunendo in grandi masse).

Anche per la servitù (che non sia cagionata dalla conquista ossia dalla guerra né dalla trasformazione degli schiavi) è evidente che la relazione economica tra il proprietario di un latifondo e i discendenti di coloro a cui erano state cedute o fittate, dietro qualche prestazione o servigio, particelle di terreno, avrebbe potuto mantenersi puramente economica per l'interesse ch'egli aveva a lasciarveli ed essi a coltivare, e per l'inibizione che la potenza della famiglia padronale esercitava su di loro.

Il Diritto varia altresì e necessariamente con i fenomeni genetici. Se e finché esistono la famiglia, semplice o composta o la gente o tutte e due, si pongono, come causa, tra l'economia e il diritto: l'individuo entra nelle relazioni giuridiche non solamente come fornito di attività e beni economici, ma come membro di un gruppo di parenti. Sarà dunque impossibile spiegare tutte le variazioni del diritto con le sole variazioni economiche. E prima di tutto, la struttura giuridica e giudiziaria si modifica col modificarsi dei fenomeni genetici. Infatti avevamo detto, facendo astrazione da questi, che, dove differenze di ricchezze mancano, la giustizia è esercitata dalle persone capaci di inibire (adulte e robuste); ma ora dobbiamo aggiungere che tali appunto sono i capi delle famiglie (da non confondersi, mercé un sofisma di nuovo genere, coi capi politici) ciascuno relativamente ai suoi. Dunque se il gruppo è composto di famiglie semplici, la giustizia sarà esercitata dall'insieme dei loro capi, come, per lo più, nelle orde dei cacciatori (es. i Tasmaniani); se di famiglie composte, dai capi di queste, come in alcune società molto semplici dell'Africa; se di genti, dall'insieme di coloro che presiedono i tribunali delle varie genti, come nei villaggi della Malesia.

Ma non basta. Dove la famiglia semplice o composta o la gente è un organismo economico, ed anche là dove esercita una grande funzione protettiva, è solidale nel pagamento dei debiti e nella vendetta del sangue ed esige come un solo uomo il risarcimento dei danni e delle offese. È dessa la vera unità giuridica. Or questo sistema occupa grandissima parte della preistoria del diritto e si presenta anche su la soglia della storia. Noi non possiamo saltarlo, come non possiamo trascurare il fatto che, a mano a mano che la famiglia nel senso lato si dissolve, tende a divenire unità giuridica l'individuo (S. Maine). Sarebbe lo stesso che saltare quasi tutto lo sviluppo del diritto insino ad oggi.

Alla famiglia, nel senso e nella condizione che abbiamo indicata, si collega la gravissima funzione penale della vendetta del sangue, ch'è un'istituzione giuridica ogni qualvolta sia tacitamente o esplicitamente garantita dalla forza sociale o dal potere politico. Ora il Post ha dimostrato che la vendetta varia in corrispondenza con la costituzione gentilizia e in generale con la composizione genetica (Afrikanische Jurisprudenz). Chi non tenga conto di tal corrispondenza, come farà a spiegare (cito qualche esempio tra tanti) che l'uccisione di un fratello uterino resti impunita, perché non ci è vendicatore del sangue, ed un uomo non sia in obbligo di vendicare il proprio padre, e l'uccisione del proprio figliuolo sia vendicata dai parenti della moglie dell'uccisore? Questi tre fatti presuppongono, oltre la famiglia solidale e la vendetta del sangue, la discendenza femminile

Che importa se ogni variazione della costituzione genetica abbia un fondamento economico? Quand'anche il bisogno di protezione, posta la condizione economica, non fosse mai capace di operare da solo, cioè senza il motivo economico; quand'anche nella vendetta del sangue non entrassero menomamente quei sentimenti familiari di cui ho parlato e che negli stessi Negri (che non siano intieramente dissociati e abbrutiti) spingono il figlio a risentire nel modo più grave qualsiasi oltraggio contro il proprio padre; quand'anche di tutte le variazioni genetiche si fosse già trovato nell'economia la causa unica, senza intervento di ragioni d'indole genetica, (persino della parentela per via femminile!); noi non potremmo mai saltare l'importante termine medio che si frappone tra la variazione economica e quella giuridica, cioè la variazione genetica.

Conchiudendo: dove esiste la famiglia in senso lato, come un piccolo organismo facente parte di un organismo più ampio, dessa è l'unità sociale e giuridica, ed i capi delle famiglie sono le unità giudiziarie.

Ma non basta. Dalla posizione che la donna ha nel seno della famiglia (s'intende bene per effetto di condizioni economiche) dipende che la struttura giudiziaria sia composta soltanto di uomini od anche di donne. Dovunque esista poi la famiglia matriarcale, le donne non solo entrano nelle assemblee e nei consigli giudicanti, ma possono preponderarvi, come tra gl'Irochesi.

Vi è ancora dippiù. Quando è sorta la famiglia e la proprietà e la trasmissione di questa (che non è un mero fatto economico, ma genetico–economico e tosto diviene anche giuridico), e propriamente quando tal trasmissione finisce col farsi ad un solo membro della famiglia stessa, i discendenti dei rami collaterali diverranno col tempo sempre più poveri e costituiranno il popolo, mentre la proprietà accumulata darà luogo a nuovi parentadi e clans di ricchi, che costituiranno una aristocrazia, una delle forme più antiche di aristocrazia, indipendente dalla conquista. In questa dunque si concentrerà il potere giudiziario, ma non in tutti i membri indistintamente, bensì in coloro, a cui secondo l'uso vigente di trasmissione ereditaria spetta la ricchezza e l'ufficio di capifamiglia. Or, per dirne un'altra, la ricchezza e la direzione della famiglia si trasmette — com'è notorio — per due vie affatto diverse, mascolina o femminile, al figlio proprio ed a quello della sorella, a seconda che viga l'una o l'altra specie di parentela.

Basta questo rapidissimo cenno per persuadersi, che se si tien conto non solamente delle variazioni economiche ma anche di quelle genetiche, si può riuscire a spiegare, e direi quasi, a determinare a priori tutte le variazioni della struttura giudiziaria sino al punto in cui si localizza il potere politico e reagisce assumendo la funzione giudiziaria.

Quanto al contenuto del dritto è facile vedere che se la preservazione dei beni genetici è dopo quella dei beni biologici ed economici, il più urgente bisogno a cui l'inibizione giuridica possa servire, tutti i rapporti puramente genetici tendono a divenire oggetto delle norme giuridiche, e ad ogni grave variazione di quei rapporti debbono seguire e corrispondere variazioni di queste norme: donde gl'istituti giuridici così svariati, concernenti la monogamia, la poliandria, la poligamia, il matriarcato, il patriarcato, l'avunculato, il fidanzamento, la compra della sposa, la dote, il levirato, la maggiorità, la trasmissione dei beni, ecc., ecc. Le consuetudini giuridiche e poi le leggi ed i codici dei diversi popoli ce n'offrono una riprova troppo vasta e notoria. Concludiamo che se si tien conto non solo delle variazioni economiche, ma anche di quelle genetiche, si possono spiegare e direi quasi determinare a priori tutte le variazioni del contenuto giuridico sino al punto in cui nuove attività dell'uomo sociale, una volta sorte e consolidate, non reagiscano sul diritto esigendo di essere socialmente garantite.

Tal reazione, di cui non è questo il momento di trattare, non distrugge menomamente la serialità dei fenomeni. Se altri bisogni, altre attività ed altri beni dell'uomo sociale sorgono e si consolidano, il giure, simile a pianta che si abbarbichi successivamente alle successive parti di un tronco a mano a mano ch'esse crescono — sale e li allaccia con intensità ed estensione decrescente; onde si formano un dritto militare, politico, religioso, artistico... Or per convincersi che la serie esiste e il diritto vi ha un posto determinato, non si devono prendere ad esempio società molto complesse, in cui tutte quelle attività e tutti quei beni esistono e sono giuridicamente garantiti; in altri termini non si deve confrontare con ciascuna di esse il dirittoastratto (astratto cioè da tutte le classi di fenomeni sociali) e tanto meno la totalità effettiva dei diritti (economici, genetici, militari, politici, religiosi ecc.) che si osserva solo nelle società più complesse; ma si deve considerare e confrontare solo quel diritto che, dati quei fenomeni più fondamentali (economici e genetici) i quali possono esistere senza di esso, nasce necessariamente e persiste a loro servigio, cioè il diritto bio–psicologico, economico e genetico. Allora si vede con un'evidenza che solo ai ciechi di mente può sfuggire, che mentre alla formazione ed all'esistenza di un diritto bio–psicologico, economico e genetico le cause bio–psicologiche, economiche e genetiche sono sufficienti, e mentr'esso non serve menomamente di mezzo alle attività politiche, religiose, ecc., queste invece sorgono e si consolidano, tra l'altro, per conservare o rafforzare quel diritto bio–psicologico, economico e genetico. Questo rapporto basta alla serialità. Che importa se, una volta sorte, quelle altre attività esigano anch'esse di essere socialmente garantite, e se il giure, ascendendo, le allacci nelle sue maglie?

Appunto perché vi ha un legame teleologico tra quelle, attività e il diritto — legame sufficente a stabilire la serie — si avrà un'altra forma di reazione di quelle su questo. Si avranno, cioè, modificazioni anche nella composizione e nella funzione della struttura giudiziaria, appunto perché altre attività ed altre strutture servono di mezzo alla conservazione ed al rafforzamento del diritto. Or questa reazione è evidentemente l'effetto e non la causa dell'azione ch'esercita il diritto bio–psicologico, economico e genetico. Eppure essa ha fornito al confusionisti un altro motivo per negare la serialità e per sostenere che i fenomeni sociali influiscono reciprocamente ed indifferentemente, come altrettante masse studiate dalla meccanica!

A mostrare la stranezza di questo errore basterebbe dei tanti esempî da noi addotti ricordare uno solo, tolto dal campo più controverso ch'è quello dei fenomeni politici. Per meglio provvedere alla struttura giudiziaria, ovvero per migliorare e completare il diritto esistente, il popolo si raduna ed elegge i giudici od emana leggi (oppure delega qualcuno a nominare i giudici o a fare le leggi). L'uno e l'altro sono atti politici; ma non è forse già implicito nella stessa proposizione testé formulata che l'uno e l'altro servono di mezzo ad un bisogno giuridico (provvedere alla struttura giuridica, migliorare o completare il diritto esistente); e perciò hanno la loro causa nella classe dei fatti giuridici? Anco quando il tipo della società fosse divenuto tale che non si potesse menomamente modificare la struttura giudiziaria e il contenuto del diritto, se non mediante un atto politico (elezioni, legislazione), quando cioè il mezzo avesse acquistato l'identica estensione del fine (ciò che non può verificarsi mai completamente) il rapporto teleologico (di mezzo a fine) e con esso la serialità rimarrebbe sempre; e la maggior fondamentalità del diritto si riaffermerebbe nel fatto che in ogni società, per quanto complessa, ed in ogni momento della sua vita vi ha un fondo di norme, di abitudini, di idee giuridiche, prodotto dalle condizioni economiche e dal gioco e dalla proporzione delle masse e delle forze sociali, e questo fondo, come non si crea per virtù di leggi né di poteri od atti politici, così non si muta per volere di despoti né per assemblee popolari.

È innegabile intanto che le reazioni (di varia specie) che le attività sociali serialmente più elevate esercitano sul contenuto e sulla funzione del giureo produrranno nuove variazioni del fenomeno stesso. Il sociologo deve studiare scientificamente anche queste variazioni. Ma l'esigenze della logica gl'impediscono assolutamente di farlo prima di aver conosciuto i fenomeni stessi che reagiscono.

I FENOMENI GUERRESCHI E MILITARI.

Tra le rimanenti attività sociali, la più vicina a quella giuridica è la guerra, cioè la lotta collettiva fatta non istantaneamente od accidentalmente o parzialmente (come tra gli animali), ma dietro una qualche consapevole preparazione, da un'intiera società o da quella parte in cui si è localizzata la forza sociale, contro un'altra società, per uno scopo collettivo o sociale, e con strumenti elaborati dall'uomo, che, a principio identici a quelli della produzione, se ne differenziano poi progressivamente. Questa attività ha il suo analogo o addirittura il suo omologo nella lotta collettiva contro altri gruppi, che nella sociologia zoologica generale vedemmo essere posta serialmente dopo i fatti collettivi di produzione e di generazione, e più complessa della repressione collettiva contro individui.

L'attività guerresca o militare e quella giuridica (che in alcune forme imperfette con essa si confonde) hanno di comune un elemento essenziale ch'è l'opera di una forza sociale o collettiva, sebbene questa col tempo siasi differenziata e sdoppiata, nella così detta forza pubblicada una parte e nell'esercito dall'altra. Si comprende perciò come lo Spencer abbia potuto comprendere i due fenomeni in un'unica espressione ch'è la difesa sociale(interna ed esterna), per quanto una tal espressione sia impropria relativamente al dritto e incompleta rispetto alla guerra. E si comprende pure che i due fenomeni, avendo una parte comune, non possono presentarci quella serialità rigorosa che ci offrono le altre attività sociali, legate dal rapporto condizionale o teleologico o da entrambi, e ch'esiste eziandio tra ciascuno de' due e il fenomeno politico. Ma essi possono avere rapporti seriali di altra natura, e in qualunque caso è compito della scienza il determinare l'azione che ciascuno dei due esercita sull'altro, se non vuole accontentarsi di quella reciprocità di azione che in meccanica può avere un valore, ma in sociologia non può apportare altro che confusione.

Checché ne sia dei rapporti che la guerra ha col dritto, egli è certo che anch'essa ha rapporti seriali con i due fenomeni precedenti, economici e genetici.

Condizione preesistente e necessaria della guerra e dell'esercito è un eccedenza di prodotti, sufficente a mantenere i guerrieri temporaneamente o permanentemente. Ciò è riconosciuto da tutti i sociologi (non si capisce poi come non tutti riconoscano la serialità rigorosa fra la guerra e l'economia!). Ma tra queste due attività esiste anche un altro rapporto primario, il teleologico. Le società umane non han potuto cominciare a produrre con lo scopo di farsi la guerra; ma gli è evidente che esse han guerreggiato e guerreggiano affine di accrescere o conservare i loro beni economici, cioè di togliere ad altre o difendere da altre i prodotti, il bestiame, gli schiavi, i tesori, il territorio, le colonie, le vie commerciali. Puerile sarebbe l'obbiettare che nazioni povere si son fatte ricche e potenti mercé la guerra: ciò confermerebbe appunto il rapporto teleologico e quindi seriale, mostrandoci come alcuni popoli han raggiunto il fine economico dalla guerra (mentre tanti altri si sono invece rovinati). Né varrebbe l'addurre in contrario l'esempio di quei rarissimi gruppi sociali che vissero o vivono esclusivamente di rapina e di guerra a spese dei loro vicini, perché questo stato di cose, d'altronde eccezionale, non sarebbe possibile, se quei gruppi non fossero stati prima produttori anch'essi, e se i loro vicini non producessero: le api ladre non sarebbero possibili senza gli alveari.

Vi è un'altra classe di fenomeni umani ch'è più semplice di quella guerresca e militare, ed è la classe de' fenomeni genetici umani. Essa non è una condizione necessaria; ma, se e finché esiste, fornisce un fine all'attività guerresca, e non viceversa; onde i due termini formano una serie. Infatti, mentre sarebbe assurdo il pensare che la famiglia umana sorga o persista per lo scopo della guerra, è certo che il bisogno di accrescere la propria famiglia, o di difendere le proprie donne, i proprii figli, i proprii parenti deve fornire (e fornisce infatti) ai membri delle società primitive un motivo di guerra forse

più frequente che il bisogno economico. Anche in uno stadio inoltrato dello sviluppo sociale, nelle città primitive, Omero può ancora cantare:
per le spose
e pe' i figli a pugnar pronti li rende
necessità;

e dire ad Ettore: radunai le vostre schiere perché le tenere spose ne servaste e i figli. Anche il legame gentilizio diviene perciò causa di guerra: ogni offesa fatta ad uno dei membri della gente o del clan, persino le proposte oltraggianti ad una donna, dà luogo, se non riparata, ad una lotta che, vista l'entità del gruppo e la regolarità con cui quella procede, non può chiamarsi se non col nome di guerra (Waitz, Post, ecc.).

Dunque tanto il fenomeno giuridico quanto quello militare hanno per loro antecedenti nelle serie i fenomeni economici e genetici. Or qual rapporto esiste tra essi due?

Supponendo gruppi sociali primitivi, forniti soltanto di attività economiche e magari anche genetiche, noi vedemmo già che, non appena essi acquistano una certa grandezza ed un certo sviluppo economico sorge il diritto: ora dobbiamo aggiungere che questo nasce come un fenomeno socialmente più urgente che la guerra, o, più propriamente, sorge nell'assenza del bisogno guerresco.

Infatti nello stato di dispersione in cui simili gruppi necessariamente si trovano, mentre alla loro diffusione si offrono interminabili territori (ben diversi dalle inospite ed estreme plaghe, dove furono relegate e costrette a degenerare le ultime e superstiti popolazioni di cacciatori e di pescatori) manca il motivo più fondamentale per muovere guerra ad altri gruppi, giacché la ricchezza mobile non esiste e davanti a loro si stendono gli sterminati spazi liberi tra i fiumi e le foreste e le immense boscaglie e praterie e l'infinito lido del mare. Anche secondo i più recenti risultati degli studi preistorici e le più recenti ipotesi, i cacciatori primitivi non erano punto guerrieri (Mortillet). Or mentre la guerra non ha utilità veruna, e non possono esservi se non parziali o casuali conflitti od azzuffamenti, cioè fenomeni sottoumani di lotta; il diritto, al contrario, ha la più grande utilità sociale, come quello che mantiene la coesione e il coordinamento degli atti economici entro il gruppo già abbastanza numeroso.

La conseguenza è questa, che l'attività guerresca, come già abbiamo veduto, si sviluppa più tardivamente di quella giuridica. Non solamente in Australia, ma in moltissime tribù americane, nei villaggi della Polinesia, persino in Africa, come ha mostrato il Waitz, ogni guerriero conserva la sua indipendenza: pugna, retrocede, o persino abbandona, come l'Achille d'Omero, il campo di battaglia, come meglio a lui piace; e il più delle volte la guerra non è altro che una spedizione parziale fatta da un partito di guerrieri per razziare o vendicarsi: si direbbe che mentre gl'individui di un'orda, di un clan o di un villaggio sono perfettamente integrati dal lato giuridico, sono ancora semplicemente alleati sotto l'aspetto militare.

Inoltre la guerra è un fenomeno meno frequente che l'esercizio del diritto, il quale si può dire continuo, mentre essa è intermittente, talora si fa a grandi intervalli, talora manca del tutto come nelle popolazioni pacifiche che abbiamo già ricordato e negli Esquimesi del Groenland e in altre ancora.

Dal primo di questi rapporti tra i due fenomeni deriva una conseguenza importante. Se le più elementari idee e abitudini giuridiche sono già formate; allorché un gruppo sociale si scinde, poniamo in altri due A e B, questi gruppi da esso derivati o si disperdono alla lor volta per gli spazi liberi ovvero (come deve avvenire prima o poi coll'aumento della popolazione) restano vicini e collegati dal bisogno economico o da quello genetico (matrimonî) o da entrambi. Nel secondo caso, ch'è quello che ci riguarda, gl'individui conservano le identiche idee giuridiche che avevano nel gruppo originario ed unico: ogni offesa fatta da un individuo del gruppo A ad un individuo di quello B o a tutto il gruppo B, non provoca un'immediata reazione animalesca, ma, oltre il bisogno della rivalsa, un sentimento di diritto violato. Siccome non v'è più una forza sociale comune od unica che garantisca indifferentemente gli individui di A e di B, quel diritto ormai è soltanto ideale. Ebbene gli è appunto in nome di cotesto diritto (ideale) violato, che noi vediamo nelle popolazioni selvaggie chiedersi riparazioni per offese inter–individuali da un'orda ad un'altra orda, da un clan ad un altro clan, da un villaggio ad un altro villaggio; e la guerra che non può essere determinata da un motivo economico o genetico diretto, scoppia con uno scopo di rivalsa giuridica per offese biologiche o economiche o genetiche: è quella che il Letorneau chiama la guerra giuridica.

Al certo è curioso ed a prima vista strano che la guerra umana faccia la sua prima apparizione con un carattere giuridico. Ma così è, e così dove essere; e voi non dovete maravigliarvi di un altro fatto ancor più strano, che quanto più selvaggie sono le società primitive a noi note, tanto più cavalleresca sia la guerra. Tutto ciò dipende dal fatto che le società primitive non possono portare la guerra lontano, ché non ne avrebbero il motivo né i mezzi economici (provviste, capitali) e con le società vicine sono legate dalla parentela e dalle idee giuridiche comuni. Gli è perciò che tra gli Australiani ed i Tasmaniani, che sono ritenuti come i popoli socialmente più bassi, per il ratto di una donna, l'uccisione di un membro dell'orda o del clan, la violazione del territorio di caccia e via discorrendo, si chiede riparazione, e se non la si ottiene s'intima regolarmente la guerra, che spesso va a finire in un duello a modo degli Orazi e Curiazi. Tra gli Australiani la cavalleria in guerra era divenuta così abituale e portata a tal segno che, a quanto si dice, essi abbiano fornito le armi ad alcuni Europei prima di combatterli. Tra i Malesi e specialmente tra i Batta la massima parte delle guerre (tra villaggio e villaggio) avviene per riparazione di torti individuali ed è intimata: tra i Menangabao s'indica persino il giorno ed il luogo del combattimento. In alcune isole della Polinesia il motivo della guerra contro un altro villaggio o distretto era prima spiegato regolarmente come nelle contese giudiziarie (Waitz); poi, non ottenendosi soddisfazione, cominciavano le ostilità. Lo stesso dicasi della Melanesia, delle Caroline, di molti Indiani di America, ecc.

Io vorrei poter conchiudere che per guerra umana debba intendersi soltanto quella ch'è provocata dal bisogno di una rivalsa giuridica; ma la storia dell'umanità ci avverte che in tal modo dovremmo escludere dal novero delle guerre umane buona parte di quelle che han combattuto le nazioni più civili con armi perfezionate dalla scienza stessa. Questo però possiamo affermare, che nei primi gradi di composizione sociale (orda, clan, villaggio) la guerra è principalmente giuridica; e che anche in seguito vi è sempre in una delle due parti, almeno in quella ingiustamente aggredita, un sentimento di diritto (ideale) violato. Or ciò è conseguenza del rapporto primitivo e del fatto che, contrariamente ad un pregiudizio filosofico, il diritto nell'umanità è più antico della guerra e molto più antico della struttura militare.

Vi è ancora un altro rapporto da considerare. Diritto e guerra sono, nella loro intima composizione, due fenomeni collaterali: l'uno non è la condizione sine qua nondell'altro e la semplice inibizione tra le unità (sieno esse individui o gruppi) e la loro coesione almeno nel tempo della guerra, basta perché un minimum di questa attività sorga: persino gli Chimpanzé, che vivono in famiglie dissociate, si alleano talora per aggredire o per difendersi. Ma appunto perché la vera condizione è l'inibizione inter–individuale e la coesione del gruppo belligerante, quanto più forti sono queste ultime, tanto più regolare diverrà la difesa sociale, e solo quando la inibizione e la coesione siano portate a quel grado che vien dato dal Diritto, l'attività militare può divenire una mera funzione comune e sociale (non già una semplice alleanza) e persino distinguersi, differenziarsi, localizzarsi. Ciò è implicito anche nelle teorie che circa la divisione del lavoro sociale hanno esposto lo Spencer, il Durckeim, il worms. Così nel primo e spontaneo modo di formazione delle società umane il Diritto ha potuto agevolare lo sviluppo dell'attività militare, non viceversa.

Conchiudendo: I tre fenomeni economico, genetico e giuridico sono più che sufficienti alla formazione dell'attività guerresca e militare. Se così è, questa attività può esistere indipendentemente da qualsiasi altro fenomeno sociale umano che nella nostra serie la segua. Vediamolo infatti.

Nelle società primitive tutti sono guerrieri, appena possono maneggiare le armi, ed anche là dove una qualche differenziazione è cominciata, non esiste reclutamento: i guerrieri si reclutano da sé stessi. Essi combattono per bisogni di cui ciascuno è perfettamente consapevole (economici, genetici, giuridici) e non perché lo voglia un potere politico. I gruppi dei Tasmaniani, continuamente in guerra tra loro e principalmente per rivalsa giuridica, erano perfettamente anarchici, e non si sceglievano neppure un capo temporaneo per la pugna, ma "seguivano spontaneamente il bravaccio dell'orda" come un branco segue il suo capo. Questo solo esempio basterebbe a provare che la guerra può esistere nell'assoluta assenza del potere e dell'attività politica. Ma noi possiamo continuare osservando che anche fra i popoli i quali, come gli Australiani, scelgono un capo di guerra, questo non è menomamente un capo politico, ma solo un regolatore o direttore temporaneo della guerra stessa (che non è stata voluta né decisa da lui, ma da tutti), ed ha evidentemente ufficio di mezzo per la buona riuscita, e talvolta, se vien meno all'aspettativa, viene ucciso. Una tale situazione trovasi tra i Nicaragua, i Caraibi, i Charruas, i Patagoni, i Maori della N. Zelanda, i Beduini: è così diffusa che si può ritenere la situazione originaria ed universale del capo militare. Naturalmente egli dov'essere forte, abile, valoroso, e perciò nella massima parte dei popoli del N. America e altrove gli altri guerrieri gli facevano subire prove lunghe, rigorose, crudelissime, in cui egli poteva anche lasciare la vita. Tutto ciò dimostra sino all'evidenza che la attività guerriera sorge in uno stato omogeneo e diffuso per effetto di un bisogno collettivo di aggressione e di difesa, ed ella stessa si forma volta per volta il suo regolatore; il quale n'è dunque l'effetto e non la causa. Allorché sorge un vero potere politico, questo potrà in varie guise reagire su la guerra e su l'esercito, ma il rapporto primitivo di mezzo a fine non sparisce mai, giacché in tutti i popoli e in tutti i tempi il potere politico decide della pace o della guerra, regola il reclutamento militare, dirige, immediatamente o mediatamente, le spedizioni e le operazioni guerresche.

Quanto alla morale, è così ovvio che i fenomeni guerreschi e militari possono esistere indipendentemente da essa, e talvolta in opposizione ad essa, che io credo, anche per la strettezza del tempo, di poter passare oltre.

È difficile, se non pure impossibile, di trovare fra i popoli sopravvissuti e noti un esempio di assoluta mancanza di religiosità. Ma a noi basta l'osservare che anco quando la guerra è pervenuta a quel grado considerevole di sviluppo che ha, per es., nelle tribù ed anco nelle piccole monarchie dei Cafri, essenzialmente pastori, la Religione trovasi ancora in quello stato, a cui il Lubbock nega il carattere di religione vera; è semplice credenza nei duplicati, mortali al pari dei vivi, e nelle pratiche per scacciarli o renderseli amici, senza idoli né sacerdoti; e non esercita alcun influsso causale su l'andamento, tanto meno su la motivazione della guerra: il grande argomento per esortare alla guerra, adoperato da un re cafro nell'assemblea dei Kraals riuniti è questo: "dove troverete voi in abbondanza del rognone di bue e delle donne?"

Allorché poi, continuando ad osservare la serie o, meglio, le serie dei tipi sociali, noi vediamo la religione intervenire nelle faccende militari, ella ci si presenta nel rapporto di mezzo a fine. Interrogare, invocare, propiziarsi i fetici e gli dei per la guerra presuppone evidentemente il bisogno guerriero ed è un mezzo per meglio soddisfarlo: la funzione dei maghi, degl'indovini, degli shamani, dei sacerdoti si adatta anche a questo fine, ed essi stessi sono, pria di tutto, guerrieri come il Calcante di Omero, i sacerdoti della Polinesia e dell'antico Messico. La guerra opera evidentemente come causa, e l'atto religioso è un effetto. Ma poiché si tratta di un rapporto causale d'indole teleologica, la prima e più forte reazione della religione, si avrà appunto da ciò ch'ella è chiamata a favorire l'esito della guerra, e può giungere a tal segno da oscurare il rapporto primitivo. Così per es., se il duce ispira tanto maggiore fiducia ai guerrieri quanto più gode il favore e l'ispirazione soprannaturale, finirà col non poterne fare a meno, e duce sarà soltanto quei che si è assicurato o può dimostrare tal favore e tale ispirazione. Assai più tardiva e relativamente recente è l'altra reazione che la religione esercita sulla guerra in quanto le fornisce un motivo che si aggiunge a quelli più fondamentali, qual è il trionfo di una determinata fede: mentre, nelle religioni primitive e in generale in tutte quelle che precedono il monoteismo, qualunque divinità, purché sia utile e potente, viene accolta pacificamente. Ma noi non dobbiamo qui occuparci delle reazioni; e ricordiamo che anche le idee religiose si adattano ai bisogni ed agli abiti guerrieri, non viceversa. Persino il cannibalismo si trasporta nell'altra vita: i Maori della N. Zelanda ritengono che chiunque si faccia mangiare sul campo di battaglia, andrà per giunta nel fuoco eterno: solo chi ha mangiato molti nemici andrà diritto in paradiso. Nel quale per i bellicosi Polinesi non si entra se non portando in dono agli dei la testa di una vittima. Al contrario le popolazioni pacifiche del Tibet accolgono le idee Buddistiche. Ma le stesse religioni di pace non possono impedire che, non appena la società o i tempi ritornano bellicosi, i re invochino l'aiuto divino per le stragi che stanno per compiere e ringrazino il dio d'amore dell'averle compiute (Spencer).

Con l'arte, identici rapporti. Quando la guerra è già divenuta un'attività regolare e distinta, la produzione artistica trovasi ancora limitata al rullio del tamburo, a rozzi canti, a grossolane incisioni, che evidentemente non sono né una condizione, né un fine di quell'attività, ma servono al contrario ad incuorare i combattenti e spaventare i nemici. L'arte ci si presenta a principio anche come un mezzo dell'attività militare; non viceversa. Nessun popolo ha mai fatto la guerra per accrescere o conservare i suoi godimenti artistici: ciò sarebbe stato impossibile, perché la somma di sforzi individuali e collettivi che una guerra richiede non può mai essere compensata nell'individuo o nella somma degl'individui dalle soddisfazioni artistiche.

A fortiorii bisogni a cui corrisponde la guerra sono più urgenti, più fondamentali e più animaleschi di quelli a cui corrisponde la scienza. La guerra aveva già per decine o centinaia di millenni devastato popoli e campi, quando apparve la più alta efflorescenza della vita sociale. E la prima relazione che questa ebbe con quella, fu di mezzo a fine. La scienza fu, ed è pur troppo ancora, chiamata o sfruttata per rendere più micidiali le armi e l'assalto, più efficace la difesa. Essa influisce inoltre sulla guerra mediatamente, cioè regolando quella parte dell'attività politica che a sua volta serve a regolare la guerra. Ma, il rapporto inverso non si è mai verificato. Nessuna guerra si è mai fatta per la scienza, cioè per conservare od accrescere i godimenti scientifici. Né sarebbe stato possibile, ché, anche posto che la struttura intima delle due attività permettesse alla guerra di completare l'opera della scienza, qual individuo o qual popolo avrebbe sostenuto l'immane somma di sforzi e di spese che la guerra richiede per soddisfare meglio il più elevato e più debole dei bisogni umani?

Possiamo concludere anche induttivamente chel'attività guerresca e la struttura militare hanno per cause più che sufficenti i fenomeni economici, genetici e giuridici; e possono esistere almeno sino ad un certo grado, indipendentemente da qualsiasi altro fenomeno sociale umano

Se così è, dalle variazioni almeno dell'economia e dei fatti genetici, si potran dedurre altrettante variazioni dei fenomeni guerreschi; che l'osservazione dovrà verificare.

Le condizioni della produzione determinano la grandezza dei gruppi sociali e il grado della loro dispersione; e da questo dipende che la guerra ci sia o non ci sia. Tra piccoli gruppi separati da vasti spazi deserti, come quelli degli Esquimesi e dei Fuegiani guerra non ci può essere e non ci è.

Dove esistono veri fenomeni militari, questi variano evidentemente con la forma della produzione e dei rapporti economici, con gli stadî dello sviluppo economico, con lo stato generale della ricchezza.

Nella caccia e nella pesca manca ordinariamente la condizione economica di guerre lunghe od in luoghi lontani, voglio dire le provvviste necessarie durante la guerra stessa; le lotte sono brevissime e si definiscono al primo scontro come tra gli Australiani. Manca eziandio il motivo economico stante l'assenza quasi completa di ricchezza mobile (bestiame, prodotti dell'industria, schiavi, danaro), salvo il caso, tanto più raro quanto più retrocediamo verso le origini, dell'insufficienza di territorio. Perciò la maggior parte delle guerre sono determinate, come già vedemmo, da motivi di rivalsa giuridica e presentano un carattere cavalleresco che non si aspetterebbe in popolazioni socialmente basse.

Ma se nella caccia o nella pesca introduconsi la ricchezza mobile (pelli, panni, schiavi) e le provvviste (pesce, carne salata, ecc.), che solo in speciali circostanze sono possibili, la guerra muta subito il suo aspetto, come negl'Indiani del N. O. dell'America settentrionale.

Ai pastori le condizioni economiche rendono possibile la guerra lunga e lontana, grazie al bestiame ch'essi si trascinano dietro, ed anche quell'agglomerazione di gruppi alleati che non potrebbe vivere due giorni di seguito se fosse di cacciatori o di pescatori: donde gl'immanistormi che di quando in quando devastarono Asia ed Europa. Ma nello stesso tempo la guerra regredisce verso l'aggressione animalesca. Infatti quando l'età dell'oro di questa forma di produzione è chiusa e non è più possibile addomesticare nuovi animali e il bestiame non cresce più in proporzione della popolazione, la conquista violenta del bestiame stesso diviene il motivo principale dell'aggressione: la guerra assume ordinariamente carattere di razzia, promossa da uno o più guerrieri che col loro seguito piombano all'improvviso, s'impadroniscono degli animali (e delle donne) e distruggono tutto ciò che resiste. Il racconto leggendario di Sinouit, che ritrae lo stato sociale e guerresco dei semiti Shasou di più che quattro mil'anni or sono, non è diverso da quello che leggiamo in scrittori moderni circa i pastori negri o cafri o mongoli; e la vita dei Circassi in tempi recenti o identica a quella che, secondo Strabone, menavano i pastori della medesima contrada due mil'anni or sono. (Uniformità simili non si trovano neppure nel regno biologico!) Or si noti che la differenza dei fenomeni guerreschi nei popoli pastori relativamente a quelli dei cacciatori, è dovuta esclusivamente alla forma della produzione, che, pur essendo più perfetta e comportando un perfezionamento delle armi, genera una regressione dal lato umano. Anche quegl'immensi stormi, di cui testé parlavamo, non tendono, in fin dei conti, che ad un'enorme razzia. Solo in circostanze speciali che si possono determinare e di cui principale è un ulteriore aumento della popolazione, sorge il bisogno di nuovi pascoli e quindi di invadere il territorio altrui, e magari anche di conquistare popoli e regni come fecero gli Shasou in Egitto, i Mongoli in Russia, gli Arabi dapertutto.

Con l'agricoltura la guerra muta di nuovo. Finché si tratta di coltura semplice e collettivistica, predomina la guerra di rivalsa, intimata, cavalleresca. L'odio che s'ingenera per reiterate guerre può però condurre al cannibalismo (sostenuto in alcuni luoghi anche dalla mancanza di carne) ed alla caccia delle teste umane; come in America ed in Malesia. Con l'aumento della popolazione sorge il desiderio di sottoporre a tributo e poi di conquistare la markaltrui.

Introducete nell'agricoltura la schiavitù, ed ecco la guerra riprendere il carattere di razzia ch'essa ci presentava nei popoli pastori: in compenso abolisce il cannibalismo e la caccia alle teste umane. Così in tutta l'Africa e in molti luoghi della Malesia e della Melanesia. Basta poi una lieve variazione nello scopo a cui servono gli schiavi, perché si modifichino nuovamente i caratteri della guerra. Se si vogliono schiavi solo per venderli, non si stermina, non si distrugge nulla, ma si ha cura soltanto di legare ben bene i prigionieri, e all'occorrenza i guerrieri portano seco anche le funi: il coraggio e il valore guerriero non è menomamente utile, e ognuno pensa, pria di tutto, alla propria pelle; si procede a tradimento e per imboscata; e la guerra assume quel carattere di bassezza e di vigliaccheria, che il Waitz ha constatato in tante e tante popolazioni africane. Al contrario, se nelle società a schiavi comincia la conquista, la guerra diviene più umana, il valore guerriero si rialza, la disciplina incomincia e diviene sempre più severa. Così appunto della stessa Africa avviene nel Dahomey e nell'Achantee, dove, ben s'intende, anche il potere politico, sviluppato, ha reagito.

È evidente che nell'agricoltura si realizzano tutte le condizioni di imprese lunghe e in luoghi lontani, e che, cresciute le società e generalizzata la tendenza a conquistare o sottoporre a tributo, le guerre divengono sempre più lunghe e talora interminabili.

Nuove variazioni subisce la guerra nella grande industria, per effetto dei nuovi bisogni economici. Ma noi abbiamo già detto abbastanza per il nostro scopo.

Anche lo stato generale della ricchezza influisce su la guerra. Le variazioni quantitative della struttura militare (esercito) dipendono appunto dall'eccedenza maggiore o minore dei prodotti sul consumo necessario ai produttori, e son comprese in certi limiti. Ma la prova induttiva ci trarrebbe assai lungi, tanto più ch'esse si complicano con le variazioni che dipendono dalla curva economica cioè dagli stadî successivi dello sviluppo economico. Or neppure su ciò noi possiamo in questo momento intrattenerci. Vi ricordo soltanto che le variazioni che dallo sviluppo economico provengono non solo alla frequenza ed ai motivi della guerra, ma alla quantità e qualità della struttura militare, han contribuito a farci comprendere perché i popoli dell'antichità ad un dato momento e non prima abbiano sentito le voglie della conquista; e a che cosa i vincitori abbiano dovuto il loro trionfo; e perché in quasi tutti siasi poi manifestata ad un dato momento quella tendenza al dispotismo militare, che ridusse il re di Sparta ad un capo di ladroni e di pirati.

I casi e gli esempî addotti bastano a provare la causalità diretta, ascendente, inevitabile che l'economia esercita su la guerra. Veniamo ai fenomeni genetici. Sebbene questi non sieno una condizione sine qua non, il sociologo non può trascurarli, ma dove ricordare che, finché essi esistono, gl'individui prima di essere unità militari, sono membri di una famiglia, di un parentado, di una gente. Per effetto di tal situazione si avranno variazioni militari conseguenti a variazioni genetiche:

1.° Nellastruttura. Finché la donna non ha perduto ogni importanza nel seno della famiglia, prende parte alla guerra come combattente o vi assiste per incoraggiare i guerrieri o serve come intermediaria nelle trattative d'indole militare. Per provarlo non vi è bisogno di ricorrere alle leggende delle Amazzoni, che pur erano così vive e numerose nell'Asia minore e in America (qualcuna se ne trova persino alla N. Guinea) da non potersi ritenere come pure e semplici favole, e neppure alle Amazzoni reali dal Dahomey: basta ricordare quel che avveniva a Cuba, a Borneo ed altrove.

Non basta. Finché esiste il parentado e la società è un complesso di genti e sotto–genti, la struttura dell'esercito riflette questa composizione genetica: anch'esso è un aggregato di parti, quasi indipendenti, ciascuna col suo totem o con la sua insegna speciale e col proprio capo. Questo stato di cose continua per un certo tempo, anche dopo che la polise la monarchia è apparsa. Ve n'è un'ultima rimembranza in Omero, quando Nestore consiglia di dividere i guerrieri pertribùegenti. Alcuni hanno attribuito ai primi legislatori, a Solone, a Servio e simili la sparizione di una tale composizione militare, almeno per l'Europa. Or ciò che vi ha di mirabile non è che il legislatore l'abbia fatta sparire, ma che, nonostante lo stabilimento territoriale anzi cittadino, una simile composizione dell'esercito sia durata sino a Servio ed a Solone!

2.º Nell'attività guerriera. Per addurre qualche esempio, tutti conoscono quello speciale sentimento che animava gl'individui aventi lo stesso totem Kobonge lo stesso antenato, e ch'è stato paragonato ad una specie di patriottismo: Omero stesso doveva saperlo, giacché fa dire al medesimo Nestore: ciascuno per l'emulo fratello combatterà.

Abbiamo veduto inoltre il carattere cavalleresco che la guerra assume nei gruppi primitivi e parenti. Aggiungiamo ancora la maggior difficoltà della guerra tra villaggi dello stesso nome e la maggiore facilità con cui, a parità delle altre condizioni, essi si alleano militarmente e quindi s'integrano.

3.º Nellafrequenzadelle guerre e nel carattere pacifico o bellicoso della popolazione. La poliandria a cui un popolo siasi già adattato, toglie o smussa nello stesso tempo tutt'e due i motivi primari della guerra, quello economico, perché frena l'aumento della popolazione, e quello genetico, perché non fa sentire il bisogno di acquistare donne. Al contrario la poligamia, li acuisce entrambi accrescendo rapidamente la popolazione e provocando il desiderio di provvedersi di donne a spese di altri gruppi sociali. Nel fatto le popolazioni poliandriche sono quasi tutte pacifiche, mentre le poligamiche sono guerriere, se ne togli quelle (come l'Esquimese) a cui l'ambiente e la forma di produzione e la conseguente dispersione rendono la guerra impossibile.

Oltre le variazioni prodotte dalle due classi più fondamentali di fenomeni vi sono quelle derivanti dall'azione e reazione che gli elementi dello stesso fenomeno guerresco e militare esercitano tra di loro. Tal'è, per es., l'effetto inibitorio che sulle velleità guerresche esercita, l'invenzione di armi molto distruttive: così lasarbacana(quasi mitragliatrice a piccole freccie avvelenate) come per incanto fe' cessare le guerre tra parecchi selvaggi. Tal'è pure il fatto, chiarito dallo Spencer, che la struttura militare dietro un lungo esercizio tende per un certo tempo ad operare, anco quando non ve ne sia socialmente il bisogno. — Simili variazioni sono però secondarie e derivate.

Vi sono inoltre quelle — ancor più complesse e meno estese — che provengono dal vario sviluppo dei sentimenti disinteressati che in questa, come in ogni altra classe di fenomeni sociali, si formano o sorgono da analoghi sentimenti sotto umani, per trasformazione di mezzi in fini. Tal'è l'odioche si crea, dietro ripetute lotte, contro il nemico, e che in Malesia generò la caccia alle teste umane, causa a sua volta di una speciale passione e motivo od occasione di parecchie guerre (Waitz). Tal'è pure la passione guerresca. Tra i selvaggi della N. Caledonia era sì forte, che principale lagnanza contro i Francesi divenne questa, che non li lasciavano guerreggiare tra loro: "Non siamo più uomini, non ci battiamo più!" E quando una tal passione non può soddisfarsi in grande, si cerca almeno di assecondarla con l'esercizio: così quel Capo indiano, a cui un altro capo, vicino ed amico, avea rifiutato, in vista delle dolorose conseguenze, un combattimento di prova tra i rispettivi guerrieri, esclamò malinconicamente: "con chi mai questi ragazzi dovranno giocare?" Tal'è inoltre l'orgoglio militare, per cui talvolta gli antichi Iberi si uccidevano, non potendo sopravvivere al disonore di essere disarmati (Mommsen). Tal'è l'amore della gloria militare nella quale il Kafro e tanti altri popoli barbari riponevano la felicità suprema. Si tratta, è vero, di una trasformazione di mezzi in fini, e si comprende come avvenisse. In guerra si acquistavano schiavi, donne, bestiame, danaro, terre, promozioni; al guerriero valente davano le più belle ragazze, senza ch'ei le richiedesse, anco gl'Iberi (Mommsen); a lui il più vivo rispetto e le più grandi distinzioni, fonti di nuovi vantaggi e privilegi. È naturale che in quelle circostanze l'amore della gloria militare divenga una delle più forti passioni. — Ciò non ostante, sarebbe assurdo il negare l'efficacia, che, in certi limiti, siffatti sentimenti e le loro variazioni hanno avuto ed hanno su i fenomeni militari e guerreschi e su le loro variazioni.

Al di là ancora sono le variazioni prodotte da i fenomeni sociali più complessi (politici, morali, religiosi, artistici, scientifici), che noi non dobbiamo per ora considerare in omaggio al metodo progressivo. Prima che tali fenomeni sorgano ed operino di rimbalzo su l'attività guerriera, la guerra fatta a scopo economico, genetico, giuridico ha già operato direttamente su di loro: non perché essa sia una condizione indispensabile ed eterna anzi potrebbe sparire nel futuro con loro vantaggio, ma perché nelle condizioni, reali e concrete, in cui l'umanità ebbe a svilupparsi (non potendo integrarsi economicamente) la lotta e la difesa sociale furono qualcosa di più urgente e fornirono uno degli scopi principali alla funzione politica, morale, religiosa, artistica, scientifica.

FENOMENI GUERRESCHI E FENOMENI GIURIDICI.

Il bisogno della cooperazione economica è sufficiente perché in un gruppo, più numeroso che una famiglia composta, entrando in gioco le cause che abbiamo veduto, si abbia il nascimento spontaneo del diritto e la sua spontanea persistenza. A siffatto bisogno si aggiungono naturalmente, rafforzandone gli effetti, tutti quei motivi che tendono ad unire, tra cui potentissimo è quello di protezione contro individui estranei o contro le fiere od altro pericolo naturale.

Noi non neghiamo in astratto la possibilità che questo bisogno di protezione, purché si verifichi la condizione economica, sia o divenga preponderante e magari unico motivo che tiene uniti i membri del gruppo, nel caso che la produzione sia prevalentemente o esclusivamente individualistica, come in certe specie di animali socievoli; ma in concreto crediamo che questo caso non poté verificarsi a principio, e inoltre che alla protezione degl'individui basta un aggregato genetico di 1° o di 2° grado (famiglia semplice o composta) in cui una vera funzione giuridica non sorge. Ciò non ostante il sociologo può, seguendo quell'ipotesi astratta, dedurre il fenomeno giuridico anche nel caso in cui il bisogno di protezione sia il motivo unico dell'associazione. Allora evidentemente mancherebbero al diritto le norme d'interesse economico collettivo, e, stante la minore intensità della cooperazione e dei sentimenti sociali, alcuni criteri e moventi del diritto sarebbero, in confronto di altri, meno sviluppati che nelle società in cui gl'individui cooperano e nel produrre e nel proteggersi.

Ebbene i motivi, non guerreschi e tanto meno militari, che nel seno di un gruppo semplice (orda, clan, villaggio) tengono uniti gl'individui e rendono possibile la loro integrazione giuridica, possono continuare ad operare ulteriormente, cioè integrare giuridicamente più orde o clan o villaggi, indipendentemente dal bisogno guerresco e dall'attività militare. Infatti vi possono essere e vi sono interessi e scopi economici comuni a più gruppi: esempio la caccia degli elefanti o dei bisonti, la pesca del salmone, le caccie periodiche nel bosco — che interessano tutta una tribù; l'uso delle dighe costrutte in comune per la pesca o della boscaglia o delle sorgenti; ecc. E vi possono essere anche interessi genetici che legano due orde e due clan o due villaggi esogami, grazie ai reciproci matrimonî. (Post, Waitz, Grosse). Or su questa base granitica d'interessi comuni, economici e genetici, può sorgere ed esistere spontaneo un diritto comune, anche nell'assenza assoluta di ogni fenomeno guerriero. (Il che non toglie che il bisogno della difesa comune possa aggiungersi potentissimo; come quello di protezione individuale si aggiunge al motivo della cooperazione economica nei gruppi semplici).

Ma vi sono ancora altre cause che operano nel medesimo senso. Un villaggio, nato per scissione o fondazione, da un altro, rimane, almeno per un certo tempo, unito giuridicamente con questo o dipende dal potere giudiziario di esso; siccome vedesi chiaramente nella Malesia. E ancora: due o più villaggi aventi comune origine, finché non sorgano cause di lotta, tendono a conservare le primitive idee giuridiche comuni e gli usi giudiziarî e quindi a definire di comune accordo le vertenze tra i loro membri, almeno nei casi più gravi, sia direttamente o mediante i rispettivi giudici. In uno stadio più inoltrato gli abitanti dei villaggi meno numerosi e meno potenti tendono a deferire al villaggio più potente o alle persone più influenti di questo le loro liti; e questa clientela giuridica, che si presenta anco su la soglia della storia, è stata rilevata da qualche scrittore come una causa che prepara l'integrazione politica dei villaggi stessi e il dominio del più potente o della sua aristocrazia su gli altri villaggi. E vi sono ancora altri motivi. I membri di ciascuno dei villaggi vicini e parenti, debbono sentire prima o poi il bisogno di sottrarsi all'incresciosa condizione che proviene dalle rivalse d'individui lesi che, stante l'idea di solidarietà, se la pigliano indifferentemente con qualsiasi compagno dell'offensore: onde la tendenza d'intendersi per punire i colpevoli o risarcire i torti, sia direttamente ovvero delegando in modo temporaneo o permanente le persone più influenti o i rispettivi giudici. Quando poi una certa differenziazione nella quantità della ricchezza si è prodotta, i più benestanti di ciascun villaggio debbono sentire il bisogno di preservare i loro beni e le loro donne dai meno benestanti degli altri villaggi; e tutti quanti tendono ad accordarsi nella costante e comune repressione di certi atti.

Tutti questi motivi sono indipendenti da quello guerresco o militare. Essi ci spiegano perché in parecchi luoghi i villaggi indipendenti tra loro, in cui si è dissolta una tribù, anche agricola, possono avere adunanze comuni a scopo giudiziario, come le palabre comuni in Africa. Ed agli stessi motivi dobbiamo attribuire l'origine di tante e tante società segrete o palesi, assolutamente indipendenti dal potere politico, che hanno esercitato la loro funzione esclusivamente giudiziaria su parecchi clan o villaggi e in Africa su quasi tutta l'estensione di un regno; quantunque essendo esse sorte in quello stadio in cui ciascun villaggio aveva già le sue credenze e le sue cerimonie, l'origine di molte tra esse si complicano evidentemente ad usi, cerimonie ed associazioni d'indole religiosa, come per esempio a quella della pubertà o maggiorità.

L'effetto della integrazione giuridica spontanea sui fenomeni guerreschi e militari, è determinata, e noi abbiamo veduto in che consista: essa determina e favorisce l'integrazione militare, vale a dire la formazione di una classe di guerrieri differenziata, compatta, comune a tutto l'aggregato. E determinata è anche la reazione che in tal caso, cioè posta l'integrazione giuridica, il fenomeno militare deve esercitare sul diritto. Infatti una grave, quanto pericolosa, caratteristica della struttura militare è questa, che, anche dopo essersi differenziata da quella su cui si appoggia il diritto reale, ha sempre comune con essa la qualità diforza socialee può sostituirla ed operare anche all'interno in modo irresistibile. Si capisce perciò come l'assemblea degli uomini armati possa divenire nelle tribù guerriere (es. quelle germaniche) il corpo giudicante, e come il capo militare divenga anche il capo dei giudici, e, non appena acquistato potere dispotico, l'unico giudice o il giudice supremo, che delega il suo potere a funzionari, scegliendoli pria di tutto tra i militari. E si capisce altresì come una volta sorto il privilegio economico, la struttura militare serva di mezzo non solo alla difesa sociale, che sarebbe il vero suo fine naturale, ma anche al diritto reale (che in tal caso è un sopradiritto), tenendo a freno gli schiavi, i servi, i salariati; e perciò appunto esercita una gravissima reazione su i fenomeni giuridici.

Ma ci è un rovescio della medaglia; e ci dev'essere, se è vero che i due fenomeni, giuridico e militare, restano come due rami collaterali nell'albero con cui si possono rappresentare i fenomeni sociali, sebbene l'uno si sviluppi al disopra dell'altro. Se il fenomeno guerresco nel suo stato minimo, come semplice alleanza, può esistere senza quel grado d'inibizione e di coesione ch'è dato dalla comunanza del diritto, la guerra deve esercitare una causalità propria. Tutto sta a determinarla, senza contentarsi della inconcludente affermazione di un'assoluta reciprocità, che daltronde non può esistere.

Quella evoluzione spontanea e pacifica della funzione giuridica, di cui abbiamo parlato e che in astratto possiamo concepire come indefinita, supponendo che gl'interessi economici colleghino tra loro sempre nuovi gruppi e nuovi popoli e nuove nazioni; nelle condizioni reali in cui l'umanità dovette svilupparsi non poteva continuare oltre certi limiti pur troppo ristretti. Ben presto l'esercizio in comune della giustizia richiede da parte delle varie unità (gruppi sociali) una quantità di sforzi molto maggiore di quella ch'essa risparmia e dei vantaggi economici ch'essa procura; ben presto agl'interessi economici comuni succedono, con l'aumentata popolazione, cause di litigi e di guerra. Lo stesso collettivismo e comunismo primitivo del villaggio agricolo e della tribù agricola-cacciatrice, sorto in condizioni economiche molto diverse da quelle in cui si è sviluppato il grande ideale moderno del socialismo, non poteva collegare i gruppi tra loro, ma doveva a lungo andare dividerli. Era il collettivismo e il comunismo di parenti, veri o supposti, e non poteva trascendere la cerchia della tribù o del villaggio, economicamente autonomo, producente tutto il necessario, senza divisione di lavoro, con poco o nessuno sviluppo dell'industria, senza un sensibile bisogno di scambi. Ben presto, anzi, le contestazioni ed usurpazioni di territorio, ed i conflitti individuali trasformantisi, per la inevitabile solidarietà, in guerre tra villaggio e villaggio, fra tribù e tribù, dovevano renderlo compatibile con la vita guerriera e lo resero talvolta persino col cannibalismo. Adunque per bisogni economici una grande società comunistica o collettivistica era impossibile. Lo stesso impero del Perù, fenomeno grandioso della preistoria ed unico esempio che siasi potuto osservare di stati comunisti, conferma quell'impossibilità, perché desso fu il prodotto della conquista militare di un grandissimo numero di villaggi comunistici, indipendenti tra loro, che potevano pensare ad asservirsi l'un l'altro, non mai a formare uno stato comunista. — Se dunque l'integrazione giuridica e sociale non poteva continuare per virtù dei motivi economici (e tanto meno di quelli genetici), vuol dire ch'essa o doveva arrestarsi o continuare per qualche bisogno collettivo o sociale, che avesse tal potenza da produrre, come un suo mezzo, non solamente l'associazione, ma in seguito anche l'integrazione giuridica. Tale non poteva essere e non fu il bisogno della scienza, che non esisteva o vagiva appena, né dell'arte, né del culto religioso: doveva essere quello che viene immediatamente dopo i bisogni economici e genetici; cioè il bisogno della guerra, determinato, ben s'intende, alla sua volta e pria di tutto, da motivi economici. Senza ricercare in quali tipi ed in qual punto dell'evoluzione sociale questa azione dei fenomeni guerreschi sia cominciata: e senza escludere da una parte che anco una città può sorgere per interessi economici (commerciali), e senza negare, dall'altra, che anche le parti di una semplice tribù possono talvolta, essere tenute insieme dal solo bisogno della difesa del territorio comune; si può dire in generale che dovunque ed ogni qualvolta due (o più) società vicine non sieno legate da motivi economici o genetici, capaci di produrre la loro integrazione giuridica, se il bisogno di aggredire o di difendersi non esiste tra esse od è minore di quello che ciascuna sente verso altre società, esse tendono a collegarsi con lo scopo della guerra o della comune difesa. Questo stato (di alleanza) non esclude che all'occorrenza, durante l'assenza del pericolo e del bisogno di aggredire, esse guerreggino tra di loro. Gli è certo però che la guerra tra di loro sarà tanto più difficile e l'alleanza tanto più forte, quanto più grande è l'inibizione che l'esperienza o la previsione delle conseguenze delle loro lotte ha in esse prodotto; ma è pur certo che alla loro alleanza l'esistenza di un diritto comune e di un comune esercizio della giustizia non è necessario. Però se il bisogno di aggredire o difendersi diviene continuo, la cooperazione assidua nella soddisfazione di questo bisogno avrà lo stesso effetto che nel caso primitivo aveva la cooperazione economica, cioè tenderà a produrre l'integrazione giuridica. Allora soltanto diviene vera, almeno in parte, la tesi del gran filosofo dell'evoluzione che il diritto nasce dalla guerra.

I fatti confermano questo complesso teorema, di cui le parti sono facilmente dimostrabili a priori; dall'unione delle orde bellicose dei Caraibi "che non vedevano alcuna utilità nei legami sociali, se non quella di guerreggiare in comune" (Humboldt) e dalla confederazione dei piccoli villaggi della Nuova Zelanda alla lega delle città greche o dei cantoni svizzeri.

Tal'è la gran reazione che la guerra ha esercitato sul diritto. Quella ulteriore evoluzione giuridica che non poteva avvenire immediatamente per motivi economici, è stata determinata dal bisogno guerresco. Un tal rapporto causale è visibile così nel caso in cui i gruppi s'integrano sul piede dell'eguaglianza, come in quello in cui si sottopongono, fin da principio o a lungo andare, al gruppo più forte.

Ed è ancor più evidente in un terzo caso, molto diverso dai due precedenti, quando cioè non si comincia dall'alleanza, ma con la conquista, e massime nella situazione estrema in cui il vincitore alla forza sociale, da lui distrutta o assorbita, di ciascuna delle società vinte sostituisce la forza sociale propria. La conquista produce in tal caso irresistibilmente anche l'integrazione giuridica.

In tutti i casi questi integrazione, che non avrebbe potuto sorgere per le sole relazioni economiche, avviene perché la cessazione delle ostilità fra le parti stesse e la loro coesione e il reciproco rispetto tra gl'individui appartenenti a gruppi diversi, è utile all'unità dell'azione militare, alla buona riuscita delle imprese, alla conservazione di un esercito comune e compatto.

Poiché quegli a cui maggiormente preme di ottenere e quegli che più efficacemente può proporsi tal risultato, cioè l'integrazione giuridica, affine di conseguire una più perfetta integrazione militare, è il potere regolatore (centrale) della guerra, che diviene potere politico, si avrà un fenomeno militare — politico — giuridico o, meglio, un complesso di fenomeni di questa specie: infatti il potere centrale (sia desso il rappresentante di tutti i gruppi originariamente alleati o del più forte tra questi ovvero anche un conquistatore) a poco a poco assumerà la suprema giurisdizione; diramerà in tutti i gruppi già provvisti, direi quasi, dei loro gangli giudiziarî, suoi ufficiali ad esercitare la giustizia o a presiedere i giudizi; detterà norme giuridiche comuni.

La priorità del diritto di fronte ai fenomeni militari e tanto più a quelli politici, ciò non ostante, si riafferma in molteplici modi:

1° Il fatto giuridico preesisteva già nelle orde, nei clan, nei villaggi, ed era, come abbiamo veduto, indipendente dalla guerra. Preesisteva eziandio nelle società che s'integrarono dietro federazione o conquista. 2° La reazione del potere centrale sul diritto delle varie parti non avviene mai immediatamente e si svolge assai lentamente: per molto tempo ciascuna conserva la propria amministrazione della giustizia, mentre il potere centrale si preoccupa solo delle imposte e del contingente per la guerra. 3° La reazione stessa si volge alla funzione giudiziaria che il potere si assume (e non in tutto); non già al contenuto del diritto. Questo non solo preesiste, ma ordinariamente rimane immutato, perché corrispondendo alle necessità economiche di ciascuna parte e quindi alla condizione prima della sua vita, non può né deve essere distrutto, e lo stesso conquistatore ha interesse a conservarlo. 4° Solo le norme concernenti le relazioni tra le parti possono essere aggiunte dal potere centrale; ma tali aggiunte non possono farsi se non con criteri giuridici già preesistenti. Questi non possono essereinventatiin occasione dell'integrazione militare.

Che la base naturale e immanente del diritto non stia nei fenomeni militari, ma in quelli economici, apparisce per altro verso anche a chi consideri alcune delle moderne integrazioni sociali, registrate dalla storia. E dev'essere riconosciuto da chi ammette la possibilità di una terza fase dello sviluppo sociale dell'umanità (Socialismo). Imperocché se nella prima fase il diritto sorse spontaneo su la base economica, e nella seconda subì da parte delle attività belligere tale una reazione da potersi dire che l'integrazione giuridica delle società sia stata per la maggior parte l'effetto delle alleanze guerresche e della violenza militare; dopo il trionfo delle classi lavoratrici e la socializzazione dei mezzi di produzione, i gruppi sociali non potrebbero integrarsi giuridicamente e progressivamente se non su la base dell'accordo economico e dell'eguaglianza, ritornando così dopo un immenso doloroso ciclo uno dei caratteri più belli e più umani del diritto primitivo.

I FENOMENI POLITICI.

I fenomeni politici — di cui tratteremo questo anno in modo più speciale che nei corsi precedenti — hanno i loro analoghi evidenti in quei fatti della convivenza animale, come l'imitazione, il dominio e la subordinazione, la regolazione attiva e passiva ecc.; i quali nella serie generalissima vengono dopo dei fatti individuali e collettivi o sociali di produzione, generazione, lotta, inibizione. Ma non è una mera analogia neppur questa. Gli elementi (relativamente) ultimi dei fatti politici sono psicologicamente identici agli stati interni che spingono un essere sociale qualsiasi ad imitare, a dominare, a subordinarsi, a comunicare o seguire i segni delle impressioni e dei desideri ecc. Noi abbiamo perciò un fortissimo motivo per presumere che i fatti politici abbiano con quelli economici, familiari, giuridici, militari, lo stesso rapporto seriale, che i fatti regolativi degli animali hanno con quelli individuali e collettivi di produzione, generazione, lotta e inibizione. Senonché questa presunzione non basta, essendo i fatti politici assai più complessi di quelli regolativi cioè risultando da una gran molteplicità di altri fattori.

Ciò non ostante noi vedremo in questo anno con maggiori particolari che nei corsi precedenti come quel rapporto seriale esiste realmente ed è chiaro, inconfutabile, rigoroso. Condizionata assolutamente dall'esistenza dei fenomeni economici e nel concreto sviluppo dell'umanità, anche da un certo stato dei fenomeni giuridici e militari, l'attività politica sorse come un mezzo per il miglior conseguimento dei fini di tutte le attività precedenti, cui essa regola immediatamente o mediatamente. Vedremo poi come alle variazioni di queste seguano necessariamente, come l'effetto alla sua causa, variazioni di quella; e quanto mal si opponesse il Materialismo storico nel considerare le soprastrutture e gli epifenomeni come giacenti alla rinfusa su la struttura e sul fenomeno fondamentale. Anco la guerra, dove e finché esiste, determina con le sue variazioni, direttamente, come causa, non come fenomeno collaterale o reciproco, variazioni del fenomeno politico, le quali sarebbero altrimenti inesplicabili. Così, per esempio, voi non vi spiegherete mai chiaramente la genesi di un fenomeno così frequente nella storia e così grave come il dispotismo, se partite immediatamente dai fenomeni economici e dalle variazioni economiche. Sia un imperatore romano o un re di Sparta divenuto capo di briganti, o un tiranno greco, o un signore feudale, o un imperatore di Francia, o un re di pastori Kafri, il despota — che si presenta nelle più diverse forme di produzione e di rapporti economici e perciò non dipende necessariamente da una forma economica determinata — ha per sua base immediata una speciale condizione della struttura e dell'attività militare. Che importa se questa alla sua volta trovi le sue cause, in una speciale condizione che si è venuta realizzando nella produzione e distribuzione delle ricchezze in ciascuna forma? Gli è certo che voi non potete passare immediatamente da questa condizione economica al dispotismo, saltando il gravissimo termine medio che n'è la causa prossima.

Eppure la guerra non è una condizione necessaria ed eterna dei fatti politici. Ella potrebbe sparire, e questi rimanere. Ma vi sarebbe ancora una causa più immediata che l'economia: il bisogno giuridico e l'attività giuridica. Noi possiamo supporre che, abolito il privilegio economico, una nazione o un complesso di nazioni o magari la totalità delle nazioni civili, nella pace profonda, pensi solo a regolare, sia per mezzo di rappresentanti ovvero di delegati dei vari gruppi o direferendi, la base della vita sociale, la produzione economica e i rapporti tra i gruppi e tra gl'individui produttori. Ma questi rapporti implicano dei diritti (i quali non spariscono, solo perché non sieno sanzionati dalla ghigliottina o dalla prigione); dunque l'attività politica in tal caso presupporrebbe sempre il bisogno giuridico e servirebbe anche al diritto e immediatamente al diritto (economico).

IV.

Vi è ancora un altro compito che la sociologia generale deve assolvere e che sfuggiva al Materialismo storico. Anche considerando, siccome dobbiamo fare, almeno a principio, ciascuna attività più complessa come un semplice mezzo per conseguire gli scopi delle strutture e delle attività precedenti, e tutte come semplici mezzi di quella economica, non si può disconoscere che appunto per virtù di questo rapporto, quando altro non ci sia, ciascuna reagisce sulle precedenti e tutte sulla più fondamentale. Infatti se un fenomeno B sorge per lo scopo (o si adatta allo scopo) di conservare od accrescere o rafforzarne un altro A, si avrà per effetto un dippiù nell'intensità o nell'estensione o nella composizione di questo altro. Or il dippiù non è spiegabile senza il fenomeno più complesso, e, tolto questo, anche quello può sparire.
Si avverta inoltre che su questa complicazione e su questo intreccio del fenomeno A col fenomeno Bsi assidono nuovi strati dello stesso fenomeno A.

I seguaci del materialismo storico, intenti a dimostrare la fondamentalità del fatto economico ed a porre in rilievo l'azione ascendente di questo su tutti gli epifenomeni nelle società capitalistiche e storiche, non potevano intraprendere di proposito lo studio delle reazioni subite da lo stesso fenomeno economico, salvo il riconoscerle spesso, anco senza volerlo. Ma siccome, le società capitalistiche e storiche sono appunto quelle in cui la struttura economica si presenta come il risultato complesso non solo delle condizioni e dei motivi economici, ma anche dello sviluppo storico di qualche altra attività più complessa (per es. la schiavitù come il prodotto anche della guerra, l'industria meccanica odierna come un effetto anche della scienza, ecc.); ognuno vede come, tenendosi di mira soltanto quelle società, malagevole dovesse riuscire persino la dimostrazione della fondamentalità del fatto economico.

Quantunque le reazioni, la complicazione e l'intreccio dei fenomeni nelle società sieno di gran lunga minori che negli organismi, pur esistono del pari e la scienza non può in verun modo trascurarle.

V.

Fra le rimanenti forme di reazione ve n'ha una estrema e più complessa di tutte, che merita di essere studiata a parte perché molto diversa da quella che viene dal rapporto utilitario di mezzo a fine.

Ogni attività lungamente e proficuamente esercitata come un mezzo dà luogo nell'individuo ad un novello fine; ogni bisogno relativo, frequentemente soddisfatto, dà luogo ad un bisogno assoluto. Si formano, almeno in certe condizioni e in certi individui, sentimenti disinteressati, corrispondenti a quelle che l'Ardigò chiama idealità sociali, come l'amor della gloria, il senso della giustizia, il dovere morale, il culto dell'arte, il desiderio di conoscere il Vero ed altri consimili; di cui non si può negare a priori l'esistenza, perché anco negli animali troviamo bisogni analoghi e tal volta omologhi, come la combattività, l'altruismo, il gioco, la curiosità.

L'esistenza e l'efficacia di questi fatti costituiscono senza dubbio l'oggetto di esame più difficile della Sociologia umana, e han dato luogo alle più svariate e straordinarie disquisizioni metafisiche. — Ma dall'altra parte essi non possono formare se non lo strato estremo e più complesso del fenomenismo sociale, e, condizionati in varia guisa dai fatti più semplici, non possono mutare sostanzialmente il corso degli effetti delle grandi cause.

Ciò non ostante s'essi esistono, non possono non influire in molteplici modi su i fatti sociali e, tra l'altro, esigendo all'occorrenza dall'individuo la rinuncia di una parte dei beni più fondamentali per la soddisfazione dei bisogni superiori; intensificando l'opera di ciascuna struttura; accelerando o ritardando il corso dell'evoluzione sociale. E basta questo, perché la scienza non ne abbandoni lo studio, che pur doveva sfuggire non solo al Materialismo storico, ma allo stesso Determinismo economico, il quale proponendosi di ricercare di ogni fenomeno i moventi economici, necessariamente si arresta davanti a bisogni che non sono economici.

CONCLUSIONE.

Tali sono le ragioni principali che mi hanno indotto a considerare il Materialismo storico come l'ultimo, il più positivo, ma sempre insufficiente tentativo fatto dal pensiero filosofico per spiegare i fatti sociali od una parte di questi; tali i motivi che mi hanno spinto ad affermare la necessità della Sociologia generale umana. Questa scienza non può esistere o almeno non può trattarsi oggi se non come derivata, e come fondata su i risultati di tutte le discipline più semplici (giusta la serie delle scienze così bene assodata in generale da A. Comte) e immediatamente su i risultati della Psicologia generale e della Sociologia zoologica generale (non contemplate dal fondatore della filosofia positiva). Secondo i nostri principi della classificazione delle scienze, ella non poteva uscire dallo stato meramente descrittivo né da quello infantile delle analogie biologiche con una grande induzione cioè con la constatazione e definizione di una nuova proprietà irreducibile cioè attualmente indeducibile dell'Essere. Deve invece cominciare con una legge o con un complesso di leggi o di rapporti derivati e deducibili. Tali sono, a, parer mio, quelli su cui si fonda la serie dei fenomeni sociali da me espostavi nella prelezione e nel corso del 1895–96.